El Diablo entre nosotros

El Diablo entre nosotros

ELISABETH SANXAY HOLDING

Traducción de Camilo Perdomo

ÍNDICE

UNO

La señorita Peterson abrió la puerta de su camarote con mucha cautela para mirar por el pasillo hacia la sala de fumadores, y vio que desde allí el señor Fernández la observaba.

Él se levantó.

Dando un suspiro, ella salió y cerró la puerta tras de sí. Era capaz de lidiar con el señor Fernández sin problemas, pero el clima era especialmente opresivo y se sentía agotada; hubiese preferido evitarlo. Pero ya era demasiado tarde y avanzó por el pasillo, esbelta, de hombros anchos y largas piernas; muy guapa, con su vestido negro de noche; su rubia cabellera estaba recogida en gruesas trenzas alrededor de su cabeza.

—¡Mi querida señorita! —dijo el señor Fernández—. No la he visto desde la hora del almuerzo.

—Estaba descansando —respondió la señorita Peterson—. No me agrada este clima.

—El barómetro está muy bajo —dijo el señor Fernández.

—Eso supuse —contestó ella—. Puedo sentirlo.

Él tomó una silla para ella, que se sentó en la mesa.

—En un barco no hay mucho problema —dijo él—. Pero en tierra... ¡Al pensar en mi nuevo hotel!

Ambos guardaron silencio un instante. Ya habían sentido esa calma asfixiante, ya habían visto ese lento y hosco océano, y sabían de la furia acumulada en algún otro lugar.

—¿Qué toma, señorita Peterson?

—*Gin-tonic,* gracias —respondió ella.

—Que sean dos, Henry —dijo el señor Fernández, tras sacar su pitillera de oro.

Era, a su manera, un hombre muy apuesto. Un tipo grande, moreno, bien afeitado, con una melena negra y ondulada que se esponjaba detrás de sus orejas. Aunque vestía sobrio, con una chaqueta blanca de etiqueta y pantalón negro, nada podía disimular ni sofocar su prodigiosa exuberancia.

—¿Y bien, *pequeña* señorita? —preguntó él.

—Pues mido un metro con setenta y ocho... —respondió la señorita Peterson.

—¿Ha pensado en mi propuesta? —insistió con seriedad.

—Lo lamento, señor Fernández...

—Usted no conoce su propio corazón —replicó él al instante.

La señorita Peterson apartó sus tristes ojos grises como el mar hacia la puerta abierta que daba a la cubierta de popa.

—Usted me ama —dijo el señor Fernández—. Admítalo.

Táctica de ventas, pensó ella. Cuando aquel hombre en Puerto Rico quería que vendiera frigoríficos, esa era la línea que le aconsejaba. «Sea positiva —decía—. Nunca negativa. Dígale a la gente que quiere una nevera». Otra cosa que solía decirle era que fuera directa. Me dijo que tendría un éxito extraordinario si tan solo me atrevía a intentarlo. Pero nunca lo hice, recordó.

El barco comenzaba a mecerse lentamente. Cuando la popa se hundía, ella veía el agua plomiza que parecía no moverse. El cielo también era plomizo, sin ninguna brisa.

¿Por qué hago algunas cosas y no otras?, se preguntó. Ciertamente, no actúo de acuerdo a la razón. Parezco razonable y nadie puede ver a través de mí, pero ¿en verdad nos entendemos unos a otros?

Pensó en aquello, perdida en una de sus nórdicas ensoñaciones, uno de esos estados melancólicos que la invadían ocasionalmente, sobre todo en tiempo de huracanes.

—¿Y bien? —repitió el señor Fernández con una sonrisa afectuosa—. Es usted una señorita muy seria, ¿no?

—Eso parece —dijo la señorita Peterson conteniendo un suspiro y dando un sorbo al *gin-tonic.*

—Si no puede decidirse, yo lo haré por usted —replicó él—. Bajará del barco en Riquezas, se hospedará en otro hotel mientras preparamos la noticia, y después nos casaremos. Luego, vivirá conmigo en mi nuevo hotel. Un hermoso hotel, moderno y espléndido. Tendrá su propio coche. Lo tendrá todo. Toda una reina. Cuando termine la temporada, la llevaré a Nueva York y le compraré los mejores vestidos...

—Pongámonos de acuerdo, señor Fernández —contestó ella de repente en tono conciliador—. No me casaré con usted. Jamás. No hay posibilidad de que cambie de opinión. Nunca.

—*La donna è mobile*... —entonó él en un barítono perfecto.

—No puedo saberlo —dijo la señorita Peterson—. Pero, por favor, tome mis palabras como una decisión definitiva. Me agrada, es cierto, y aprecio mucho su ofrecimiento, pero iré hasta La Habana. Tengo un empleo aguardando por mí.

—Le gusto... —repitió el señor Fernández, aprovechando la oportunidad—. Aprecio y respeto, ¿qué mejor base para un matrimonio?

—No pienso casarme —respondió la señorita Peterson.

—Es porque no se entiende —dijo él—. Usted no es consciente de que...

Ya había escuchado hablar antes al señor Fernández sobre ese tema y no le hacía mucha gracia.

—No —dijo, con una voz pausada, dejando claro que jamás diría que sí.

El señor Fernández movió su vaso haciendo que el hielo tintineara en él.

—Tal vez no me conoce lo suficiente... apenas cinco días —dijo él—. No cualquiera es como yo. ¡Yo tomo decisiones así! —Y chasqueó los dedos—. ¡Pero esa es mi naturaleza! Usted parece ser diferente. Requiere mucho más tiempo para saber si... —Sus negros ojos se posaron en ella—. Pero, una vez ame u odie... ¡Dios mío!

Bueno, si eso es lo que quiere pensar..., se dijo la señorita Peterson. En ese momento, la única emoción que sentía era un aburrimiento estremecedor.

—¿Otra copa, señorita?

—Gracias —dijo ella—. Me encantaría.

—¡Henry! —gritó él— *¡Encore!* —Se giró hacia la señorita Peterson—. Está desanimada —dijo—. Nunca la había visto con ese semblante.

—El clima —respondió ella.

A él no le importó eso.

—No es feliz... —le dijo—. Dígame, ¿de qué es ese trabajo en La Habana?

—Es en una tienda —contestó ella—. Quieren a alguien capaz de hablar inglés, español y alemán.

—Sé lo buenos que son su inglés y español —aseguró él—. ¿Pero alemán también?

—Sí —respondió ella.

—¿Es un buen empleo? —preguntó él.

—Está bastante bien —dijo ella.

—Me pregunto... —le dijo—. Me pregunto qué le habrá pasado para hacerla vagar por el mundo así.

—Me pregunto lo mismo —replicó ella con franqueza.

—Me pregunto —repitió él inclinándose sobre la mesa y bajando la voz—, qué le habrá pasado para hacerla estar en contra del amor.

Se sorprendería, pensó la señorita Peterson. Es gente como usted. Hombres que una encuentra en aviones, barcos, hoteles y trenes hablando de amor.

No dijo nada en voz alta, y él se recostó en su silla dando un sorbo largo a su trago.

—Señorita —dijo—, le haré una propuesta diferente. Olvidemos lo del matrimonio de momento.

—Iré a La Habana —le recordó la señorita Peterson.

—Venga a Riquezas —contestó él—. Cualquiera que sea el salario que va a recibir en La Habana, yo se lo duplicaré.

Ella levantó la mirada.

—Venga conmigo a mi nuevo hotel como anfitriona —dijo él—. Es más, puede fijar su propio salario. Tendrá una bonita habitación con baño propio, todo para usted sola. Exquisitas comidas. Tiempo para nadar, montar a caballo, jugar al tenis. Es un trabajo digno —agregó.

Semejante puesto le pareció a la señorita Peterson mucho más atractivo que el de La Habana, especialmente por lo del doble del salario. Pero veía enormes inconvenientes.

—Me temo que... —comenzó a hablar.

—Sí —la interrumpió él—. Teme que la moleste, que intente seducirla y hacerle el amor. Vea... —Hizo una pausa—. Llegaremos a Riquezas mañana, veinte de septiembre, y le doy mi palabra de que no diré nada más sobre matrimonio o amor, hasta el veinte de noviembre.

La señorita Peterson había escuchado hablar mucho sobre el señor Fernández desde que subió a bordo en

Trinidad. Era un hombre importante en Riquezas, tenía un par de hoteles, un club, y era dueño de la única flota de lanchas. Además, tenía acciones en la tienda por departamentos más grande de la isla y estaba metido en media docena de otros negocios. Tenía sus enemigos y algunas personas hablaban de él con rabia, lo llamaban autoritario, codicioso, vulgar e incluso despiadado. Ella no creía imposible que tuviera alguno de esos defectos, pero confiaba en él y en que cumpliría con el trato.

—Pero usted siempre estaría esperando a que cambie de opinión —dijo ella.

—Por supuesto —respondió él muy serio—. Y estoy seguro de que lo hará. Pero si no... está bien. Puedo soportarlo.

—No creo que sea justo para usted —comentó la señorita Peterson.

—Mi querida señorita —dijo el señor Fernández—. Aun dejando de lado mis sentimientos personales, sería una gran ventaja para mí tenerla en el hotel. Me ha costado encontrar a la persona adecuada para ese trabajo.

Eso le gustó más. Comprendió a la perfección su manera latina de combinar los negocios y el amor.

—No quiero a una estadounidense —continuó él—. A algunos de los británicos más testarudos no les agradan mucho. Tampoco quiero a una inglesa, pues no entienden a los turistas estadounidenses; la columna vertebral de mi negocio. Usted no es ni inglesa ni americana. No sé qué es ni se lo estoy preguntando, simplemente, sería una bendición para mí que aceptara ese trabajo.

Ella lo apreció aún más por eso. Estaba acostumbrada, por lo general, a llamarse inglesa, e incluso a veces se presentaba a un puesto como «señorita inglesa». Aunque su pasaporte era uruguayo, su lugar de nacimiento había sido Minnesota, pero una extraña rebeldía de su madre la alejó de su hogar infantil. Para sus veinte años, había viajado y visto mucho, pero nunca olvidó la granja en la que nació, sus enormes y ricos campos en verano, las nieves del invierno. Le gustaba vagar por el mundo, pero sus raíces estaban ahí. Al haber sido educada por la realidad y por todas sus fantásticas experiencias, ella misma se sabía realista, sobria, un poco distante. No era para nada romántica.

—Si acepta el trabajo —dijo el señor Fernández—, no tendrá ninguna obligación para conmigo. Al contrario, me estará haciendo un favor.

—Pues... gracias —dijo ella—. Aceptaré, señor Fernández, la prueba por dos meses.

—¡Perfecto! —contestó él con una repentina y brillante sonrisa.

Bajaron al comedor. El señor Fernández se sentó en la mesa del capitán dada su importancia en Riquezas, mientras que la señorita Peterson lo hizo en la mesa del sobrecargo, pues este la conocía y disfrutaba de su compañía. Las demás personas que se sentaban en la mesa aún no habían llegado, por lo que el señor Wavill estaba solo.

—Lo dejaré mañana —le anunció la señorita Peterson—. Me bajaré en Riquezas.

—Bueno... —dijo el señor Wavill—. Usted sabrá lo que hace.

No, no lo sé, pensó la señorita Peterson. ¿Quién lo sabe? Su estado de ánimo aún persistía y la opresión de la atmósfera pesaba fuerte sobre ella.

—No hablaré de negocios ahora —dijo—, pero mañana a primera hora iré formalmente a su oficina y preguntaré si puede reembolsarme el resto del viaje.

—¿Y si pedimos una botella de Sauterne? —propuso el señor Wavill—, ya que esto es un *au revoir*...

—¡Gracias! —contestó la señorita Peterson—. Eso sería...

—¡Maldición! —murmuró él—. Ahí viene la señora Fish.

Se levantó cortésmente y la señorita Peterson alzó la mirada con una sonrisa cuando su compañera de mesa se acercó a ellos. Era una mujer alta y delgada, vestida completamente de negro, incluso las medias, con un rostro de nariz prominente y poco mentón, como un ganso melancólico, y el cabello negro recogido en un moño desordenado sobre la nuca. Era muy amable, a su manera, pero también resultaba deprimente, siempre fatigada y silenciosa.

—¿Tomará una copa de vino con nosotros, señora Fish? —preguntó el sobrecargo.

—Oh, no. Gracias —respondió ella—. Creo que me dará neuralgia.

El vino llegó y el camarero llenó sus copas.

—Bueno... —dijo el señor Wavill levantando su copa y mirando a la señorita Peterson con una sonrisita sarcástica—. Espero que le guste... Riquezas.

—Si no, iré a otra parte —contestó la señorita Peterson.

Bebieron el vino y permanecieron en silencio de manera amistosa. Los ventiladores eléctricos zumbaban suavemente, agitando el espeso aire, mientras el barco se balanceaba y el agua gris parecía colarse por entre las escotillas lenta y amenazante. Desde la mesa del capitán llegaba la voz del señor Fernández, fuerte, resonante, ciertamente una voz atractiva.

—No le apetece a uno comer con este clima —dijo el señor Wavill.

—No —concordó la señora Fish.

—Rindámonos —agregó la señorita Peterson, tras lo cual todos se levantaron.

La señora Fish se dirigió a su camarote, mientras la señorita Peterson y Wavill salieron un rato a cubierta en la sofocante oscuridad. Luego él partió a su oficina, quedándola a ella sola. Desde su asiento, recordó un huracán en Martinica estando a cargo de dos niños... Suspiró y recordó también un terremoto en Chile.

La vida es muy extraña, pensó.

—Bueno... —dijo la voz del señor Fernández desde la oscuridad. Se sentó a su lado, le ofreció un cigarrillo y encendió uno para sí mismo, fumando un rato en silencio.

—Hay algo que debo explicarle —dijo—. Una complicación.

Una mujer, supongo, pensó la señorita Peterson. Si es muy complicado, no me molestaré en ir.

—Contraté antes a una muchacha como anfitriona —dijo—. Pero no da la talla. —Permaneció en callado durante un momento—. Fui un tonto.

—¿Quiere decir que ella está ahí ahora mismo? —preguntó la señorita Peterson.

—Correcto —dijo él—. Pero ya no es la anfitriona.

—¿No? ¿Y qué es entonces?

—Hace labores varias —contestó él.

—¿Una muchacha inglesa?

—Estadounidense.

Hubo un largo silencio esta vez.

—Cuando conocí por primera vez a Cecily —dijo—, pensé que sería una buena anfitriona. Es muy musical y todas esas cosas, pero no funcionó. No se lleva bien con la gente. Es impopular. Se trató de un simple asunto de negocios, no podía permitirme tenerla ahí. Hablé con ella. Le ofrecí pagarle el pasaje de regreso a casa. —Él comenzó a imitarla—. Fue inútil. No tuvimos nada más que discusiones, reproches. Me rogó que la dejara quedarse en el hotel, aunque fuera en la cocina. Me dio lástima.

—¿Y aún sigue allí? —preguntó la señorita Peterson.

—Sí. Sí. Cedí. La dejé quedarse. Ahora está a cargo del tocador de las damas.

—No me gusta mucho eso —dijo la señorita Peterson.

—A mí tampoco —respondió él—. Fue una debilidad por mi parte, lo sé. Al llegar le insistiré para que se vaya. No es nada grave, pero pensé que era mejor que lo supiera.

—No me gusta —repitió ella.

—Mi querida señorita —dijo él—, mírelo de esta manera. Usted ya había aceptado venir. Yo no tenía por qué haberle dicho una sola palabra. Si fuera lo que usted cree, ¿piensa que se lo habría dicho? ¿Que le habría pedido que viniera? ¡No! No es nada grave. Incómodo, quizás. Cecily se irá de la isla en el próximo barco, confíe en mi palabra.

Esta vez la señorita Peterson no creyó al señor Fernández. No del todo. No creía que hubiera mantenido a su antigua anfitriona únicamente por bondad o por no gustarle montar escenas. Además, si realmente no tuviera importancia, él no lo habría mencionado.

—A mí tampoco me gustan las escenas —comentó ella.

—No habrá ninguna —respondió él—. Mi querida señorita, no soy un tonto. Recuerde también que tengo una reputación que cuidar en esa isla. No me arriesgaría a perjudicar mis negocios por una mujer, ¿no cree?

Aquí hay gato encerrado, pensó ella. No creo que arriesgue su reputación por nadie ni nada.

—Una leve molestia, eso es todo —repitió él—. Pero le aseguro que la muchacha partirá en el próximo barco y olvidaremos todo este asunto. ¿Ya le dijo al sobrecargo que desembarca mañana?

—Sí —repuso ella.

Él se levantó.

—Puede que lleguemos temprano —observó—. Será mejor que se acueste y descanse un poco.

—Enseguida —respondió.

Él le tomó la mano y se la llevó a los labios, reteniéndola allí un largo tiempo.

—¡Buenas noches! —exclamó ella vehemente.

Él la dejó ahí y ella se quedó relajada en su silla con sus largas piernas estiradas y los tobillos cruzados. Era una experta en hacer el equipaje y podía estar lista en solo media hora. No quería ir a su camarote. Se sentía mejor ahí, en esa noche sofocante.

—No sabía que iba a Riquezas —dijo la voz apagada y cansada de la señora Fish desde la oscuridad.

—Ah, sí... —contestó la señorita Peterson. Miró alrededor, pero no pudo distinguir la figura negra en las sombras.

—Yo también, ¿sabe? —intervino la señora Fish.

—¡Qué bien! —respondió cortésmente la señorita Peterson.

—Voy al Hotel Fernández —dijo la señora Fish—. ¿Y usted?

—Trabajaré ahí como anfitriona —comentó la señorita Peterson.

—Oh, ya veo. ¿Qué hace una anfitriona? —preguntó la señora Fish.

—Intentaré hacer que la gente se sienta a gusto —dijo la señorita Peterson.

En realidad, no sabía cuáles eran sus deberes, pero pensó que sería injusto con el señor Fernández admitir tal ignorancia.

—Me alegra tanto que vaya a estar allí —observó la señora Fish—. He escuchado que usted es enfermera titulada.

—Lo lamento, soy masajista —contestó la señorita Peterson.

No quería que la señora Fish ni ningún otro huésped del hotel supiera que era enfermera licenciada. Había aprendido por experiencia que, cuando la gente lo descubría, solía hacerle demandas extraordinarias; que curara dolores de cabeza, cuidase a los niños o recetara remedios contra la resaca. Pero, de algún modo, la señora Fish se había enterado.

—Bueno, es lo mismo —dijo la señora Fish, como otros ya le habían explicado—. Me alegra saber que estará allí. Esa personalidad tan arrolladora...

—Gracias —respondió la señorita Peterson ahogando un suspiro.

Hubo un suave ventarrón y una ráfaga intensa de perfume, lirio de los valles, llegó a ella. La señora Fish se le había acercado más.

—¿No quiere sentarse? —preguntó la señorita Peterson, sintiendo que era su deber para con una futura huésped del hotel.

—¡Gracias! —dijo la señora Fish, y se sentó en la silla que había dejado libre el señor Fernández.

—Verá —dijo—, mi marido murió el año pasado.

—¡Cuánto lo lamento! —dijo la señorita Peterson con su voz suave y pausada.

—Me pone muy nerviosa —agregó la señora Fish—. Algún día, cuando no esté tan cansada, quisiera hablar de ello con usted.

—¡Por supuesto! —aceptó la señorita Peterson, pero le pareció que su nuevo trabajo le exigiría algo más.

—No hay nada como viajar para distraer la mente de algo así —comentó—. Creo que una buena estancia en un lugar como Riquezas le ayudará mucho.

—Bueno, no es un viaje de placer —dijo la señora Fish—. Voy a Riquezas por una simple razón. —Hizo una pausa—. Hablaremos de ello más adelante, ahora estoy tan cansada... Creo que cerraré aquí los ojos e intentaré dormir un poco.

—Es una buena idea —dijo la señorita Peterson. Ella también había pensado dormir allí, pero el perfume lirio de los valles era tan fuerte...—. Debo ir a mi camarote —observó—. Cosas de último minuto... Buenas noches, señora Fish.

—Buenas noches —contestó la señora Fish. Su voz apagada pareció seguir a la señorita Peterson mientras se alejaba—. Verá —añadió sin mucho énfasis—, mi marido fue asesinado.

La señorita Peterson se detuvo, quedándose petrificada durante un minuto. Luego, con más prisa de la acostumbrada, siguió su camino.

No quisiera oír nada más del asunto, pensó. No ahora. No con este clima.

DOS

Amaneció. Un sol amenazante, opaco, se escondía tras unas nubes que no parecían moverse. El mar había crecido en un largo y pesado oleaje, que mecía con violencia el barco.

La señorita Peterson se tambaleaba mientras hacía su equipaje. La ligera silla de mimbre de su camarote se sacudía, crujía y tensaba. Después se dirigió al comedor; estaba vacío. La señora Fish no había aparecido. El camarero llegó corriendo con su bandeja y se detuvo en seco al ver que el suelo de madera se levantaba y que había tablones caídos sobre las mesas.

Aun así, ella desayunó a gusto, pues en su mente daba vueltas la idea de que el almuerzo podía demorarse mucho. Vio al sobrecargo, recibió el reembolso de su pasaje y un permiso de desembarco, y entonces el barco se detuvo. Todo fue a peor; navegaban indefensos sobre el vasto oleaje impulsados por una furia invisible. Las sillas estaban todas plegadas, amarradas y atadas, y reinaba un gran silencio en todo el barco.

La señorita Peterson se vio de pie en cubierta, sobre esos bonitos pies finos calzados en zapatos blanquiazules de tacón bajo y bien separados para mantener el equilibrio; un vestido fresco también azul y blanco estilizaba su esbelta figura y un sombrero azul oscuro coronaba su rubia melena. Riquezas aparecía frente a ella: una isla estrecha y plana que parecía poco importante. Una lancha se acercó a ellos y lanzaron la escalera de embarque.

—Qué nefasto clima —dijo el señor Fernández a su lado. En ese instante llegó la señora Fish con un ancho vestido negro, un sombrero blanco y un turbante oscuro colgando en su espalda. Se quedaron en silencio pensando cómo bajar los sacos de correo a la lancha, y observaron cómo apearon los baúles y las maletas de la señorita Peterson, de la señora Fish y del señor Fernández.

—¡Bueno! *¡Au revoir!* —exclamó el primer oficial estrechándoles la mano.

El señor Fernández bajó primero por la escalera, la señora Fish lo siguió y la señorita Peterson fue la última. El grisáceo mar crecía mientras ella descendía casi en picado. El mundo parecía girar en un movimiento nauseabundo. Pero se detuvo, bajó lentamente y esperó a que la lancha estuviera cerca. El marinero la tomó del brazo, la ayudó a subir a bordo, y partieron.

Los motores del barco arrancaron, las hélices se pusieron en marcha y la lancha tomó su propio rumbo.

—Va a estallar la tormenta, señor —dijo un isleño al timón.

—Puede que no nos toque —respondió el señor Fernández.

—Nos tocará, señor. Cuando no pasa en dos años, viene en tres con mucha más fuerza...

—¡Tonterías! ¡Tonterías! —contestó el señor Fernández.

Él, sentado en la lancha, cambiaba de forma sutil: también crecía y se hacía más imponente, como la tormenta. Cuando llegaron al embarcadero, pisó tierra como un rey y recibió un coro de saludos de la pequeña multitud allí reunida.

—Contentos de verlo de vuelta, señor Fernández. ¿Cómo está usted? ¿Tuvo buen viaje, don Carlos?

Él se quitó el sombrero, hizo un vago ademán de saludar con la mano y sonrió. Entregó su equipaje a un hombre vestido con una especie de uniforme de portero, que los condujo hasta un elegante descapotable color crema de capota beige, conducido por un chófer vestido de caqui. Volvió a agitar la mano mientras se alejaban hacia el pueblo.

Era un precioso pueblecito británico con policías isleños de guantes blancos, una amplia plaza al estilo de las plazas españolas, un banco con ventanas de cristal, escaparates llenos de artículos turísticos, una oficina de correos con galería delante... Para entonces, el sol había desaparecido y, como una brisa intermitente, se levantó una gran polvareda que hizo que varias tiendas tuvieran las ventanas bien cerradas. Cruzaron un puente y entraron al campo abierto. Pasaron por praderas, y entre ellos vieron, por aquí y por allá, algunas viejas haciendas señoriales o villas modernas erigidas, desnudas e indefensas, en esa isla plana bajo el cielo plomizo.

El Hotel Fernández estaba ubicado en la playa opuesta; un elaborado edificio de piedra con torreones, patio y una terraza cimentada en columnas. Sobre el césped reseco se alzaban unas mesitas de hierro bajo paraguas a rayas que se agitaban y tensaban con el viento creciente.

—Habrá que recogerlas —señaló el señor Fernández.

Tras bajar, entraron en un amplio y elegante salón.

—Señorita Peterson —dijo—, si quiere pasar a la terraza, por favor... Siga. Justo enfrente. Yo me ocuparé personalmente de la señora Fish...

Llevó a la señora Fish del brazo hacia la recepción y la señorita Peterson siguió todo recto, tal como él le había indicado, hasta una terraza detrás de una puerta de vidrio que daba al mar. Desde allí vio palmeras y helechos en macetas, una agradable armonía de cretonas verdes y negras, cómodos sillones gigantes y algunas mesitas de cristal. El señor Fernández se le unió de inmediato, seguido de un camarero.

—Creo que deberíamos tomar una copita para celebrar —dijo el señor Fernández—. ¿Qué le apetece?

—Una limonada, gracias —respondió la señorita Peterson.

—Una limonada —repitió al camarero—, y tráigame a mí una cerveza.

La señorita Peterson estaba de pie junto a la puerta abierta y él se acercó más a ella. El mar se veía embravecido, golpeando con fuerza la playa blanca, estallando sus altas olas contra la barrera de coral. Un mar demasiado crecido para un día tan tranquilo.

—Sí... —dijo casi para sí mismo—. Bueno...

Encendió un cigarro para ella y cuando trajeron las bebidas, ambos se sentaron.

—Me temo que estaré muy ocupado un buen rato —intervino—. Pero le diré al ama de llaves que se ocupe de usted. Quizá almuerce en su habitación. Podría dar una vuelta y hacerse una idea del lugar... de la atmósfera, ¿no? Veámonos aquí para tomar algo a las... digamos a las cinco en punto. Si todo va bien, claro.

—¡Perfecto! —dijo ella.

Quedaron en silencio y el rugido del oleaje les llegó fuerte y amenazante.

—Verá... —comentó él, pero se detuvo en seco al ver entrar a una jovencita.

Era una muchacha menuda, vestida toda de negro, zapatos y medias negras inclusive. Su largo cabello oscuro estaba peinado hacia atrás desde la frente, su rostro era pálido, con pómulos altos, una boca amplia pintada de rojo, y ojos claros, de un tenue aguamarina. Era una joven de aspecto muy poco común y bastante hermosa.

—La señora Barley no puede venir en este momento, señor —repuso ella—. Así que vine a ver si puedo serle de ayuda.

—¡Ah! —dijo el señor Fernández con cierta ironía—. Bueno... Señorita Peterson, esta es... —se detuvo—: Cecily —dijo—. Cecily, esta es la señorita Peterson, la nueva anfitriona.

La muchacha hizo una reverencia. Un gesto muy extraño en una chica estadounidense, debió ser algo irónico, teatral, o ambas cosas a la vez.

—Mucho gusto —dijo la señorita Peterson, muy cordial.

—Mucho gusto, señora —respondió la muchacha—. ¿Querría que le enseñara su habitación a la señora Peterson, señor?

El señor Fernández se mostró aún más incómodo de lo que la señorita Peterson hubiera imaginado.

—No hace falta —dijo.

—Creo que sería una buena idea, señor Fernández —intervino ella, levantándose.

—Está bien —concedió él, poniéndose también de pie—. La veré entonces a las cinco...

La señorita Peterson siguió a Cecily por todo el salón hasta el ascensor. Subieron al segundo piso, recorrieron un largo pasillo, doblaron en una esquina, y la muchacha abrió una puerta.

—Esta es la habitación que ocupaba la anfitriona anterior, señora —dijo.

—Era usted, ¿cierto?

—Sí, señora.

—¿Querría sentarse a fumar conmigo? Lo siento, pero no recuerdo bien su nombre, señorita...

—Me dicen Cecily, señora.

—¿Le importaría sentarse un momento para hablar un poco conmigo? Me gustaría saber algunas cosas.

—Me temo que no puedo ayudarla, señora.

—Por supuesto, depende de usted —dijo la señorita Peterson—. Pero si se anima a contarme cuáles son las principales labores...

—Mi experiencia no le serviría de nada, señora —respondió Cecily—. Fracasé.

—Quizás yo también fracase —contestó la señorita Peterson.

—Ahora estoy a cargo de lo que llaman el tocador de las señoras —dijo Cecily con sus pálidos ojos, fijos en el rostro de la señorita Peterson.

—Bueno, es que yo nunca he trabajado de anfitriona —confesó la señorita Peterson—. Aunque una vez trabajé en un restaurante.

Sintió como si tratara con una gacela salvaje. Tenía la impresión de que, si hacía algún movimiento brusco, aquella joven criatura huiría. Pero a pesar del uniforme negro, del reiterado «señora» y de su suave voz, Cecily era salvaje. Ciertamente no es como me la imaginaba, pensó la señorita Peterson. Resulta obvio que es una jovencita muy bien educada, y hasta peligrosa, diría yo.

—Espero que disfrute del cargo, señora —le dijo ella.

—Preferiría que no me llamara «señora» —respondió la señorita Peterson—. Al fin y al cabo, ambas trabajamos aquí. Somos dos seres humanos, dos mujeres. Usted perdió el puesto y yo lo conseguí. La rueda gira. ¿Quién sabe lo que podría pasar mañana?

La salvaje gacela dio unos pasos hacia el interior, atraída por la buena disposición de la señorita Peterson.

—Supongo que tendré que irme del hotel, ¿verdad? —dijo—. Incluso del tocador.

—Confío en que podrá encontrar algo mucho mejor —replicó la señorita Peterson.

—Quiero quedarme aquí —confesó la muchacha—. Me he ofrecido a hacerlo sin cobrar nada. Solo mi cuarto y la comida. Pero ahora supongo que tendré que irme.

—Espero que no —dijo la señorita Peterson.

La muchacha la miró de arriba a abajo.

—Claro —prosiguió la señorita Peterson—, acabo de llegar, y aún no sé qué se espera de mí, ni lo que puedo hacer. Por qué no se sienta y me cuenta lo que debía hacer cuando era la anfitriona...

Cecily se sentó en una silla de respaldo recto, cerca de la puerta.

—Tocaba el piano —dijo—. Todas las mañanas de once a doce y por la tarde a la hora del té. Los domingos dábamos un concierto por la noche. El violonchelista, el primer violín de la orquesta y yo. Pero... —Hizo una pausa—. Mi manera de tocar no gustó.

—Bueno, yo no toco el piano —comentó la señorita Peterson.

—Tendrá que «recibir» a la gente —continuó Cecily—. Tendrá que bailar con los hombres y sentarse a conversar con las mujeres. Deberá llevarse bien con todo el mundo.

—Soy bastante buena en eso —dijo la señorita Peterson.

—Yo no —replicó la muchacha al instante.

—¿Un cigarrillo? —preguntó la señorita Peterson.

La muchacha vaciló, pero aceptó uno y se relajó un poco al empezar a fumar.

—Debió haber estudiado música —observó la señorita Peterson.

—Sí. Lo hice.

—He oído que es estadounidense —dijo la señorita Peterson.

—Soy mitad polaca. Mi madre era de Varsovia.

—Qué interesante —dijo la señorita Peterson—. ¿Habla polaco?

—Un poco.

La señorita Peterson pronunció algunas palabras en una lengua extranjera y los ojos claros de la muchacha se clavaron sobre ella con gran intensidad.

—Lo siento —dijo—. Me temo que no la entiendo.

—Bueno, quizás mi polaco no es tan bueno —respondió la señorita Peterson.

—Tal vez sea algún dialecto particular... —agregó la muchacha.

Una ráfaga de viento entró por la ventana abierta y la señorita Peterson se levantó para echar un vistazo afuera.

—¿Lleva aquí..., cuánto tiempo ya? —preguntó.

—Más de cuatro meses.

—Supongo que no habrá hecho tan mal tiempo como hoy.

—No le presto mucha atención al clima —dijo Cecily—. Ha hecho bastante calor, aunque también ha llovido, si a eso se refiere.

—No es eso lo que quiero decir —replicó la señorita Peterson.

—¿Señorita Peterson? —dijo una voz, y la muchacha se levantó de inmediato.

Una mujer bajita, de cabello gris y un prominente labio superior, apareció en la puerta.

—Soy la señora Barley, el ama de llaves —dijo seriamente, mientras se apartaba para que Cecily saliera de la habitación—. ¿Está a gusto con todo?

—Sí, creo que sí. Muchas gracias —respondió la señorita Peterson.

—Me temo... —anunció la señora Barley— que pronto tendremos un horrible temporal.

—¿Se emitió alguna alerta? —preguntó la señorita Peterson.

—Ah, ¿entonces ya lo sabe? —dijo la señora Barley—. Sí. Acaban de izar la bandera.

Ambas guardaron silencio un instante.

—Bueno —dijo la señora Barley—, ahora mismo apenas tenemos cinco huéspedes, y una llegó con usted en el barco. La temporada alta, por lo general, no empieza hasta finales de octubre. Tampoco tenemos, de momento, estadounidenses aquí; por fortuna.

—¿No le gustan los americanos? —preguntó la señorita Peterson.

—¡Oh, sí. Mucho! —contestó la señora Barley—. Pero son los más inquietos. Sobre todo con mal clima... Voy a mandar a un hombre, señorita Peterson, a que le instale contraventanas.

Otra ráfaga de viento entró, alborotó el cabello de la señora Barley e hizo pensar a la señorita Peterson en lo que se avecinaba desde el mar, pasando violentamente sobre alguna isla, destruyendo otra y asestando un golpe fatal a una tercera. Nadie podía saber dónde descargaría toda su furia y, justo en ese momento, cientos de personas se preparaban lo mejor que podían contra su embestida. Los hombres miraban afligidos sus campos de caña y las plantaciones de banano, pensando en que podrían desaparecer en una sola noche. Mucha gente moriría, seguro.

—Avíseme si necesita algo —dijo la señora Barley.

Supongamos que respondiera como una diosa: «necesito paz», pensó la señorita Peterson.

Sus pertenencias llegaron y las desembaló. Un isleño subió con un delicioso almuerzo en una bandeja. Pescado frito con plátanos maduros, ensalada, helado y un café exquisito. Tenía hambre, lo disfrutó, y se alegró de estar sola para poder pensar un poco.

Pensó en Cecily. Qué joven tan extraña, se dijo. No me sorprende que Fernández le tema. Tiene una tremenda vitalidad y es exactamente opuesta a la suya. Él es exuberante y explosivo, mientras ella concentra toda su energía en una sola dirección; sea la que sea. Me atrevería a decir que cualquier cosa que ella realmente desee, la conseguirá seguro. Incluso si se trata de Carlos

Fernández. Una muchacha muy interesante... Su cabello está evidentemente teñido, y desde luego no habla nada de polaco, pues cuando le hablé en sueco, ni notó la diferencia. Interesante y peligrosa...

Al acabar su almuerzo, un hombre llegó a colocarle las contraventanas. Aquello le pareció deprimente y pensó que le haría bien salir al aire libre mientras pudiera. Pero una camarera apareció en la puerta justo cuando iba a hacerlo.

—Señorita, la señora Fish me manda a decirle que si es tan amable de pasar por su habitación. Está en el piso superior, señorita. Cuarto, trescientos quince.

No quisiera ver a la señora Fish, pensó la señorita Peterson sorprendida por su propia renuencia. No quiero oírla hablar de su marido asesinado, se dijo. Claro, no es motivo suficiente para sentir antipatía por esa pobre mujer, pero tiene un aura a su alrededor, además de ese perfume de lirios y esas ropas negras, de muerte.

Suspiró y enderezó sus hombros. ¡Vamos ya!, se dijo. Sé una buena anfitriona. Entonces subió y tocó a la puerta de la habitación de la señora Fish.

—Adelante —dijo con un hilo de voz apagada, y al entrar encontró a la señora Fish tumbada en la cama, en una lúgubre penumbra, con las persianas cerradas.

—Tengo dolor de muelas —le informó—. Me preguntaba si usted podría hacer algo.

—Claro que sí —concedió la señorita Peterson y, tras regresar un segundo a su habitación, trajo un pequeño emplasto, dos tabletas de aspirina y tres de bicarbonato de sodio—. Me temo que tendré que encender la luz —le dijo.

—Oh, por supuesto. No se preocupe —repuso la señora Fish.

Llevaba puesto un kimono de seda carmesí bordado con dragones dorados que la hacía parecer aún más pálida y cansada que nunca. Su cabello negro estaba suelto, desperdigado sobre la almohada. La señorita Peterson se movía en silencio. Se dirigió al baño y mezcló las tabletas en un vaso, agregando una pastilla marrón para la tos que llevaba en el bolso, que le dio un sabor y un color extraño.

—¿Qué es eso? —preguntó la señora Fish.

—Un secreto —dijo la señorita Peterson, que comprendía el valor terapéutico del misterio.

La señora Fish bebió a sorbos aquella bebida exótica, mientras la señorita Peterson miró por toda la habitación. En una esquina encontró un gran baúl aún cerrado con llave, también se fijó en una maleta abierta sobre una silla y en algunos objetos encima de la cómoda. Había una fotografía en un marco de plata. La señorita Peterson la observó detenidamente e incluso se aproximó un poco para examinarla con más detalle.

Era una imagen del diablo; de un demonio grande, corpulento, feroz, con una nariz aguileña, ojos burlones y una elegante perilla estilo Van Dyke. Aparecía de pie, con los brazos cruzados, vestido con un manto y un sombrero que dejaba ver sus cuernos.

—¿Está mirando la foto? —preguntó la señora Fish con la voz atenuada—. Era mi marido. Llevaba puesto un disfraz de carnaval. Qué bien le sentaba, ¿no cree?

—¡Estupendo! —dijo la señorita Peterson. Entró en el baño y mojó el pequeño emplasto bajo el grifo, con agua caliente, hasta que estuvo bien tibio. Luego, lo aplicó sobre la encía de la señora Fish.

—Qué alivio... —murmuró ella cerrando los ojos.

—Enseguida vuelvo —anunció la señorita Peterson, y se retiró cerrando la puerta tras ella. Permaneció un instante en el corredor pensando en aquella fotografía tan extraña. Conque el Diablo..., se dijo. Y fue asesinado. Eso no está bien; no parece natural.

Suspiró, y comenzó a bajar las escaleras. Las luces estaban encendidas en todo el hotel y encontró cada ventana tapiada con tablas. El calor era sofocante. Vio un pequeño grupo sentado en el salón y, como no sintió ganas de hablar con ellos, prefirió dirigirse a la terraza, donde encontró al señor Fernández en mangas de camisa, sentado a la mesa con sus libros contables delante y una lámpara de aceite sin encender a su lado. Tenía una mancha húmeda entre los omóplatos y se secaba la cara con un pañuelo de seda malva. Al oír sus pasos levantó la vista y se puso de pie.

—Según las últimas noticias de la radio —dijo—, lo peor del huracán pasará al este, alejándose de nosotros. ¡Dios lo quiera!

—Pero ahí viene la tormenta —señaló ella.

Cayó granizo como balas de ametralladora y el viento rugió ahogado con fuerza. La señorita Peterson se sentó, apartándose el cabello húmedo de las sienes.

—¿Nerviosa? —preguntó él.

—Oh, no, señor Fernández —contestó ella—. Solo que al llegar a un lugar nuevo, siempre hay cosas que una quiere ordenar en su mente.

—¿Cecily, por ejemplo?

—Me parece una joven muy interesante —dijo la señorita Peterson.

—Demasiado interesante... —repitió el señor Fernández. Se secó de nuevo la cara—. Ella llegó aquí en un crucero —continuó—. Y cuando pidió verme, pensé, naturalmente, que se trataba de una turista que quería quedarse un poco más en mi hotel... En mi otro hotel, mejor dicho. Me quedé muy sorprendido, se lo aseguro, cuando dijo que quería un empleo. Por entonces parecía una muchacha sensata y tranquila, y hasta tocó el piano para mí. No soy ningún experto en materia de música, pero me pareció que tocaba bien, muy bien. Dijo que podía ofrecer pequeños recitales y que también podía ayudar a entretener a los huéspedes de otras maneras. Yo nunca había contratado una anfitriona, pero como ella no pidió un gran sueldo, me pareció buena idea... en ese momento.

—¿No funcionó?

—Las quejas llegaron casi de inmediato. Los huéspedes protestaban, los empleados también. Ella quería practicar y, en una ocasión, tocó el piano a las siete de la mañana, despertando a toda la gente. La reprendí y entonces comenzó a practicar a las nueve, cuando todos desayunaban en el salón. No tiene tacto. Se peleó con el director de la orquesta. Un día entró en la cocina y exigió café y sándwiches para ella, lo que la llevó a pelearse con el cocinero. Le aconsejé que se fuera a casa. Le dije que aquí no tenía futuro. Pero insistió tanto en quedarse... —Se encogió de hombros y extendió las manos—. ¿Qué más podía hacer? Soy un hombre bondadoso.

Me pregunto si..., pensó la señorita Peterson.

Oyó el oleaje; las olas golpeando la playa y el viento con una nueva nota, un silbido agudo, mientras la lluvia arremetía aún con más furia. No había nada que hacer salvo esperar, y confiar en que aquella violencia enloquecida no encontrara alguna grieta por la que entrar, ni debilitara aquel gallardo y nuevo edificio erguido, solitario, junto al mar.

Las luces se apagaron.

El señor Fernández encendió una linterna y con su resplandor logró prender la lámpara de aceite.

—Tendré que tranquilizar a los huéspedes —dijo—. ¿Quiere venir también...?

Los huéspedes estaban admirablemente tranquilos. Bajo el fulgor de dos enormes lámparas de aceite en el salón, se veía a una pareja de mediana edad sentada en la mesa de naipes, pero sin jugar; una anciana tejiendo y otra sin hacer absolutamente nada; y un hombre alto y delgado, de rostro curtido, que se movía de aquí para allá fumando.

—Si funcionaran sus ventiladores eléctricos —dijo el hombre muy serio al señor Fernández—, nada de esto sería tan malo.

—Por desgracia, han cortado la electricidad, mayor —le explicó el señor Fernández.

—¿Y por qué no tiene abanicos? —exigió el mayor—. ¡Ponga a trabajar a todos esos muchachos inútiles! ¡Que nos abaniquen! ¡Caramba! ¡No hay nada de aire aquí!

—Cállese, por favor —ordenó la anciana que tejía.

—¿Qué? —preguntó el mayor—. ¿Qué fue lo que dijo, señora Green?

—Dije que, por favor, se calle —repitió la anciana—. Usted tiene el mismo aire que cualquiera.

—¿Pero qué? —gritó el hombre—. ¿Qué?

—¿Qué hace esa joven aquí? —preguntó una de las ancianas y, al girarse, la señorita Peterson vio a Cecily de pie bajo el umbral de una puerta. Permaneció fuera del haz de las lámparas, por lo que en el fondo sombrío se veía muy oscura con su pequeño delantal blanco sobre el vestido negro y una cofia en la cabeza. Resultaba extraño verla ahí, inmóvil.

—Está presa del pánico —observó el Mayor.

La señorita Peterson se acercó a ella.

—Acabo de matar a un hombre —dijo Cecily con voz tranquila y serena.

TRES

La señorita Peterson estaba acostumbrada a ciertas responsabilidades, y su primer pensamiento fue mantener a los huéspedes tranquilos. Todos miraban a Cecily, pero pensó que estaban demasiado lejos para haber oído lo que la muchacha dijo por encima del estruendo de la lluvia y el viento.

—¡Vamos! —le ordenó; y la joven la siguió hasta salir a la terraza. El señor Fernández fue tras ellas.

—Acabo de matar a un hombre —repitió Cecily. Hablaba con calma, con sus ojos claros y luminosos, firmes, pero sus piernas temblaban.

—¡Siéntese! —exclamó el señor Fernández; y ella se sentó en un diván, erguida y rígida, con su delicado uniforme teatral y la pequeña cofia como una corona.

—Maté a un hombre —repitió.

—Sí, ya la oímos —repuso el señor Fernández—. Pero ¿cómo? ¿Dónde ocurrió?

—En su habitación —contestó Cecily—. Le disparé. Lo maté.

Las dos figuras frente a ella la miraron sin mostrar ninguna emoción. Ella misma estaba tranquila, aunque respiraba agitada.

—Me dirigía a hablar con usted, señor Fernández —continuó tras una pausa—. Toqué a su puerta y un hombre la abrió y me arrastró hacia dentro. Trató de... de violarme, y yo tuve que dispararle.

—¿Quién era?

—No lo sé. Nunca lo había visto.

—¿De dónde sacó el arma?

—Estaba ahí, sobre su mesa.

—¿En mi habitación?

—Sí —dijo ella y, aunque apretó fuerte los dientes, le tembló la mandíbula. Parecía agobiada en aquel lugar sofocante. La señorita Peterson le ofreció un vaso de agua y la muchacha apenas bebió un sorbo. El señor Fernández miró a la señorita Peterson por encima de la cabeza de Cecily y sus ojos se encontraron.

—Volveré en un instante —anunció él—. Mientras tanto, no diremos nada a nadie, ¿no?

Salió, cerrando la puerta tras él. La señorita Peterson se dejó caer en una silla de mimbre, estirando sus largas piernas y cruzando los tobillos.

—No sabía que el viento pudiera ser tan fuerte —dijo Cecily.

—Puede ser bastante peor —respondió la señorita Peterson.

—¿Durará mucho tiempo?

—Parece que será largo —repuso la señorita Peterson.

Hubo un momento de silencio.

—¿Un solo disparo? —preguntó la señorita Peterson.

—Sí —respondió Cecily.

—Entonces, tal vez no lo mató.

—Sí, lo hice. Sé que lo hice.

La señorita Peterson entrelazó las manos detrás de su cabeza y se quedó absorta en la nada.

—Bueno, esperemos lo mejor —dijo—. Esperemos que la policía crea su historia.

Hubo otro silencio.

—¿Quiere decir que usted no cree mi historia? —preguntó Cecily con una franqueza demoledora.

—Así es —aseguró la señorita Peterson—. No la creo.

—¿No? —repitió Cecily—. Pero... ¿Por qué? ¿Qué es lo que no me cree?

—Bueno... —le indicó la señorita Peterson—, para empezar usted afirma que un hombre desconocido la arrastró a la habitación del señor Fernández y la atacó, pero usted encontró un arma sobre la mesa, disparó una sola vez y lo mató. Si yo fuera usted, no le contaría esa historia a la policía.

—¿Quiere decir que...? —Cecily comenzó la frase, pero se detuvo de golpe. Una de las ancianas intentaba abrir las puertas de cristal de la terraza: una mujer menuda de blusa blanca y una larga falda negra con un cinturón ancho ajustado a su impecable cintura. Su cabello gris estaba recogido en dos tensos moños sobre las sienes, lo que le daba un aire extraño. Movía el picaporte con furia, con una mezcla de convulsión y fastidio.

—La señora Boucher... —dijo Cecily—. Me odia.

—Recuerde no decir nada, ¿entendido? —le exigió la señorita Peterson, incorporándose. Miró a Cecily, y la muchacha le devolvió la mirada con esos extraños ojos pálidos brillando.

—Está bien —respondió.

La señorita Peterson trató de abrir las puertas desde dentro, pero la anciana seguía girando el picaporte. De repente la puerta se abrió de golpe y la señora Boucher se abalanzó contra la señorita Peterson.

—Quiero subir de inmediato a mi habitación —dijo.

—Por supuesto, señora Boucher —contestó la señorita Peterson, un poco sorprendida con aquella petición tan ordinaria después de semejante forcejeo.

—Sucede que el ascensor no funciona —dijo la señora Boucher con indignación—. Y no puedo subir cinco pisos de escaleras a mi edad. Y quiero ir a mi cuarto. Es hora de tomar mis pastillas. Y quiero, además, escribir una carta. ¡Exijo subir enseguida!

En ausencia del señor Fernández, la señorita Peterson sintió que le correspondía hacerse cargo.

—Creo que podemos solucionarlo, señora Boucher —dijo—. Si espera en el salón, yo misma me encargaré...

Cerró la puerta de cristal al salir y, echando un vistazo por encima del hombro, vio a Cecily en pie, dentro de su teatral uniforme, como si estuviera en una jaula de cristal. Los demás huéspedes permanecían sentados en el salón con tres lámparas de aceite sobre las mesas; estaban en silencio, envueltos en una neblina de humo de tabaco. No había rastro de ningún camarero, por lo que pidió prestada una linterna al mayor, y se dirigió a la cocina en su búsqueda.

La situación en la cocina era insólita. Un enorme espacio iluminado por dos lámparas gigantes de aceite, atestado de gente sentada y de pie, y una anciana isleña de rodillas clamando: «¡Oh, Señor nuestro! ¡Aparta de aquí esta ira! ¡Somos gente buena y fiel! ¡Oh, Dios!».

La señorita Peterson cruzó algunas palabras con el cocinero, un hombre delgado y de aire apesadumbrado, con aretes de oro, que estaba de pie frente al gran fogón que desprendía un calor insoportable. Él se ocupaba de toda la cocina.

—Quizás sea el fin —dijo revolviendo una salsa roja.

—Necesito un par de muchachos fuertes para llevar a la señora Boucher a su habitación —solicitó ella, y el cocinero llamó a dos de ellos para hacerlo. Estos, curiosamente, recibieron la propuesta encantados, e incluso les hacía gracia.

—¡No vayan a reírse! —les dijo la señorita Peterson.

—¡Vamos a subirla en esa silla como el gran becerro de oro! —exclamó uno muerto de risa.

—Si la dejan caer —dijo el cocinero— será una calamidad.

—Dejen de reírse —repitió la señorita Peterson.

La anciana aceptó la propuesta con gran naturalidad.

—Espero que se haya asegurado de que estos muchachos no hayan estado bebiendo —fue lo único que dijo.

La señorita Peterson eligió una silla liviana de mimbre y, la anciana, como también era ligera, fue levantada sin dificultad mientras la otra alumbraba delante con una lamparita de aceite. En su moderno hotel, el señor Fernández había dispuesto una escalera contraincendios también muy moderna; toda de piedra y cerrada con una pesada puerta en cada piso. Pero, de algún modo, aquella escalera retenía el ruido del viento en un gran rugido continuo y persistente que se escuchaba por todo el lugar; un ruido que presionaba los oídos, confundiendo, casi aturdiendo, al grupito que subía a la luz de esa lamparita.

Al llegar al quinto piso, la señorita Peterson abrió la puerta de aquella planta, los muchachos dejaron la silla en el suelo y la anciana se levantó. «Gracias», dijo, y partió con paso enérgico. La señorita Peterson la acompañó para iluminarle el camino hasta dejarla en su habitación, donde le encendió una pequeña lámpara y se aseguró que todo estuviera en perfecto orden, aunque detuvo su mirada en un florero con flores muertas, como si se hubieran asfixiado. Los muchachos ya se habían ido cuando la señorita Peterson volvió a la escalera, pero oyó sus voces, algo ahogadas por el rugido del viento. Estaba todo a oscuras y al mirar hacia abajo, vio el destello de una cerilla encendida. La llama de inmediato se apagó, las voces callaron y el viento borró el ruido de sus pasos. Ella continuó, apresurándose, ansiosa por salir de esa lúgubre caverna.

Un alarido espantoso la sobresaltó, pues, de todos los sonidos del mundo, el que más la aterrorizaba era el grito humano. Luego, se oyó otro alarido: «¡Oh, Dios mío!».

—¿Qué sucede? —gritó, sosteniendo la lámpara mientras miraba hacia abajo. No pudo ver nada, ni tampoco oír otra cosa más que el eterno rugido ahogado del viento—. ¿Qué pasa? ¿Qué ocurre? —repitió.

No tenía sentido volver a subir las escaleras. No había nadie que pudiera ayudarla. No había otro camino más que descender. Continuó. Bajó de medio lado, pegada a la pared, girándose a cada instante para poder ver arriba y abajo. Al acercarse al siguiente piso, se detuvo un momento. Espero que esa puerta no se abra lentamente, pensó, y pasó de largo. Tenía que ver lo sucedido con los muchachos, debía salir de semejante sepulcro.

Estaría tan contenta de ver a Carlos Fernández ahora mismo, se dijo.

Había perdido la noción de los pisos. No sabía en cuál estaban los muchachos cuando escuchó aquel grito y tampoco de qué planta era la puerta siguiente.

Espero no bajar demasiado y terminar en algún sótano, pensó. Espero que haya suficiente aceite en esta lámpara. Es justo como en una pesadilla. Si sigues bajando, bajando y bajando escaleras como estas, después de un rato querrás correr... Serán los nervios, nada más. El clima... Pero, después de todo, ¿qué importa eso? Solo estoy bajando las escaleras de un hotel, afuera hay un huracán y dos muchachos parecían haber gritado. Aunque en el hotel hay un hombre muerto en alguna parte. Un hombre asesinado. ¿Y qué más da eso? Un muerto es alguien de quien ya no tenemos que preocuparnos. Si...

Se detuvo en seco; una puerta se estaba abriendo.

Ella estaba dos escalones más arriba y esperó con la espalda contra la pared, sosteniendo la lámpara con firmeza. De repente, vio un resplandeciente círculo de luz que procedía de una linterna eléctrica y la puerta se abrió aún más.

—¿Quién anda ahí? —preguntó.

—Mi querida... —dijo el señor Fernández—. ¿Dónde demonios se había metido?

Se acercó a ella y la pesada puerta comenzó a cerrarse muy lentamente. Él puso una mano en su hombro y la miró con una enorme sonrisa. A la luz de la lámpara, su rostro moreno adquiría matices cobrizos, sus labios parecieron muy rojos, sus dientes bastante blancos y notó en él un aire de cierta alegría.

—Estaba preocupado —dijo—. Esos tontos bajaron corriendo a la cocina con una disparatada historia de haber visto al Diablo...

—¿Al Diablo? —repitió la señorita Peterson.

—Ya sabe cómo son de crédulos —respondió—. Pero como usted no aparecía... comencé a preocuparme. Temí que hubiera resbalado, que se hubiera caído en esta oscuridad.

—No tenía prisa —dijo ella.

—¿Quiere venir a tomar una copa? —propuso, empujando la pesada puerta. Por encima de su hombro alcanzó a ver en el mostrador de recepción a un joven rubio inclinado, iluminado por la luz de una lámpara de pantalla verde. Él levantó la mirada y ella vio su rostro. Una boca ancha, una nariz chata; una suerte de *pierrot* con un rostro a la vez melancólico y alegre.

—Señor Fernández... —dijo la señorita Peterson—. ¿Qué hay del hombre en su habitación?

Él soltó la puerta, que se cerró por sí sola.

—¿Eso? —respondió—. Pues bien, subí a mi habitación. La puerta estaba cerrada con llave, por supuesto; todas se cierran automáticamente. Bueno. Abrí la puerta... —Hizo el gesto con la muñeca—. Entré. ¡Todo en orden! No había nadie. Ningún hombre. Ningún arma. Nada.

—¿Nada? —repitió ella.

—Absolutamente nada. ¿Le sorprende? ¿Se creyó el cuento de la muchacha?

—¿No cree que haya algo de verdad en ello?

—Ni una sola palabra —respondió.

No, pensó la señorita Peterson. Eso no basta. Cecily no estaba fingiendo. Algo ocurrió, sin duda.

—¿Le dijo a Cecily que no encontró nada? —preguntó.

—¡Por supuesto! Fui a verla de inmediato. Le dije que había revisado mi cuarto y que no encontré a ningún muerto. Ella se quedó mirándome con esos grandes ojos de gata, sin musitar palabra.

—¿Cree que la convenció, señor Fernández, de que quizá ella haya cometido algún error?

—No lo sé —respondió—. Ni me importa. Le dije que si no se sentía segura, más tarde, cuando volviera a funcionar el teléfono, llamase a la policía para contarles su historietita.

—¿Y cree que lo hará?

—No lo sé y tampoco me importa —repitió—. Ahora vamos a tomar esa copa, ¿quiere?

Ella no puso objeción y salieron juntos por la puerta. Los huéspedes seguían sentados en el salón, como si llevaran allí una eternidad.

—He pedido que les sirvan té —comentó el señor Fernández—. También a las dos damas, arriba, en sus habitaciones.

Al pasar junto a la recepción, la señorita Peterson miró de reojo al joven, y él la miró directamente con una extraña sonrisa; una sonrisa burlona, pensó ella.

—¿Ese empleado es estadounidense? —preguntó al señor Fernández.

Él luchaba por cerrar la puerta de cristal; al fin lo logró.

—Debo contarle la historia de ese muchacho —dijo—. Siéntese, mi querida señorita. ¿Qué quiere tomar?

—Nada, gracias —respondió ella—. ¿Sabe? Creo que el viento está amainando.

Él giró la cabeza, atento, y ambos escucharon la calma. El rugido ahogado aún podía oírse, al igual que el salvaje embate de las olas; pero aquella nota aguda, el chillido de las furias, había desaparecido.

—Creo que tiene razón; como siempre —dijo, ofreciéndole un cigarrillo. Él se inclinó para encendérselo y sus ojos sonrieron a los suyos en una mirada fija. Todo muy galante.

—Hace seis meses estuve en La Habana —relató—. Es mi lugar favorito para pasar las vacaciones. ¿Conoce La Habana? La pequeña París... Pues bien, estaba en un bar tomando una copa, cuando alguien quiso coger el paquete de cigarrillos americanos que había dejado a mi lado. Le sujeté la muñeca y el tipo se echó a reír. Se disculpó. Dijo que estaba cansado de los cigarrillos locales. Había algo en él... Se le veía desaliñado; la chaqueta abotonada hasta el cuello, sin camisa y con un par de zapatillas hechas trizas. Pero había algo... Le ofrecí uno de mis cigarrillos y una copa, y conversamos un rato. Me contó una historia maravillosa, que por supuesto no creí, pero me cayó bien y pensé que sería un buen activo para mi nuevo hotel, y lo traje conmigo.

—¿Y su pasaporte? ¿Todo en regla? —preguntó la señorita Peterson.

—Usted siempre va directa al grano —aseguró él—. Nunca vi mujer igual. Tiene pasaporte estadounidense. Todo en regla. Está a nombre de Albert Jeffrey, cuarenta años. Dijo que había venido en uno de esos *tours* desde América y que había perdido su dinero y su equipaje en una partida de póquer.

—Parece muy joven para tener cuarenta... —comentó ella.

—Lo parece, ¿verdad? —convino el señor Fernández—. Y parece haber aumentado de estatura respecto al pasaporte. Unos cuantos centímetros, diría yo. —Sonrió—. De todos modos, nadie se preocupa mucho por el pasaporte, ni yo tampoco. Si hay algo en su pasado, algún problemilla... por mí está bien. Me alegra darle una oportunidad. Y ha resultado ser un buen trabajador, además.

—Ya veo... —afirmó la señorita Peterson, sonriendo superficialmente.

Pensó que el señor Fernández sabría muy bien cómo aprovechar al máximo cualquier «problemilla» del pasado de un empleado. Pero ¿arriesgarse tanto? No sé hasta dónde podría llegar, pensó. O hasta dónde ha llegado.

Si bien no había creído del todo el relato de Cecily, tampoco creía la historia de él. Algo debió ocurrir, pensó. Algo muy malo.

Sin duda el viento se aplacaba, soplaba en ráfagas mientras la lluvia repiqueteaba un poco contra las maderas y luego retrocedía, aunque bien sabía que la artillería pesada estaba en el mar, estremeciendo todo a su paso.

—Puede que sea solo una falsa calma —dijo el señor Fernández—. En ese caso, por supuesto, volverá desde el lado opuesto y posiblemente mucho peor. Aunque no lo creo. Me parece que esta vez ha pasado de largo. Hemos sido muy... —Se detuvo—. Pero ¿qué es eso? —preguntó.

Era música, alguien tocaba el piano. Se puso en pie de un salto y abrió de golpe la puerta de cristal y entonces, una mazurca de Chopin llegó hasta ellos, vibrante y melodiosa.

—¡No me diga que...! —exclamó, horrorizado—. ¡No! ¡Esto es demasiado!

Se apresuró por el pasillo hacia el salón y la señorita Peterson fue tras él. Allí encontraron a Cecily al piano, aún con cofia y delantal. La mazurca terminó y el mayor aplaudió. Pero nadie más lo hizo. Y luego ella comenzó con un vals.

—¡Por favor, deténgala! —dijo el señor Fernández a la señorita Peterson—. ¡Es un ultraje!

—¿No cree que pueda entretener a los huéspedes? —preguntó la señorita Peterson.

—¡No! ¡Claro que no! ¿Ha visto usted algo igual en un hotel de primera clase? Y después de lo que nos contó... ¡Esa muchacha es el Diablo! ¡Por favor, haga que se detenga!

La señorita Peterson avanzó, pero se detuvo, pues por encima de la virtuosa ejecución del vals oyó otro sonido, golpes en la puerta.

—¡Dios mío! —exclamó el señor Fernández.

La señorita Peterson se acercó a la muchacha y le puso una mano en el hombro. La música cesó y una corriente de aire fresco entró deliciosamente fría al salón, cuando el señor Fernández abrió la puerta para dejar pasar a tres hombres con impermeables, agentes de policía. El señor Fernández cerró la puerta.

—¡Ah, superintendente! —exclamó—. Lo ha sorprendido la tormenta, ¿no? Bueno, no hay mal que por bien no venga, ¿verdad...?

Resultaba en exceso jovial, y el hombre a quien se dirigía se dio cuenta de ello. Parecía alguien capaz de darse cuenta de absolutamente todo, pensó la señorita Peterson. Era delgado, bastante enjuto, de cabello oscuro aunque un poco encanecido, nariz prominente y huesuda, y unos diminutos ojos azules y profundos.

—Así es —respondió con toda cortesía—. Quisiera hablar con usted, si es tan amable, señor Fernández.

—Por aquí, superintendente. Por aquí. Pase usted, por favor.

El señor Fernández abrió una puerta al otro lado de la recepción, se inclinó con una reverencia para dejar pasar al superintendente, y la cerró.

—¿Qué significa todo esto? —preguntó el mayor—. ¿Un accidente? ¿Algo malo?

—No sabría decirle, señor —respondió un agente de policía.

En su interior, la señorita Peterson repitió la pregunta del mayor. «¿Qué significa todo esto?». Seguramente algo muy grave para hacer venir a un superintendente de policía con este tiempo... Presa del nerviosismo, se sobresaltó al oír en el piano los acordes iniciales de la obertura de *Invitación a la danza* de Weber.

—¡No! —se dijo.

Cecily siguió tocando hasta que la señorita Peterson le tomó la muñeca derecha y levantó su mano del teclado. Para entonces, el superintendente había salido y estaba de pie junto a ellas.

—¿Serían tan amables, señoritas, de pasar a la oficina? —les dijo.

Cecily se levantó, y ambas lo siguieron hasta un cuarto pequeño, caliente como un horno, amueblado con un escritorio plano, una silla giratoria, una caja fuerte, una vitrina con libros y puertas de cristal, y dos elegantes sillones con asiento de felpa verde. El señor Fernández esperaba allí para recibirlas.

—Señorita Peterson —dijo—, permítame presentarle al superintendente Losee. Superintendente, esta es la señorita Peterson, nuestra nueva anfitriona, una gran adquisición para mi pequeño hotel.

Estaba exagerando. Se mostraba demasiado pomposo y su sonrisa resultaba en exceso falsa.

—Gracias —dijo el superintendente, y miró a Cecily.

—Esta es la señorita Wilmot, superintendente —dijo el señor Fernández—. Me temo que solo ella puede darle alguna información sobre ese... asesinato. Es la única que parece saber algo al respecto.

Cecily dejó escapar un débil sonido, como un jadeo, y también la señorita Peterson se sorprendió ante aquel repentino ataque, sobre todo, por el venenoso tono en que lo dijo.

—No están obligadas a responder a ninguna pregunta —les anunció Losee—. Mi deber es advertirles de que cualquier cosa que digan puede ser registrada y posteriormente usada como prueba en su contra. ¿Podrían tomar asiento, señoritas?

Se sentaron en los sillones de felpa verde, Losee ocupó la silla giratoria y el señor Fernández se sentó en el borde de su escritorio, fumando un cigarrillo. Se lo veía muy elegante con su traje blanco; demasiado elegante a decir verdad, incluso arrogante. Y Losee y su agente parecían muy profesionales.

Bueno, algo ha sucedido, pensó ella. Ojalá se apresuraran. Echó un vistazo a la pequeña oficina y sobre una estantería, directamente detrás de la cabeza del superintendente, vio una cría de caimán disecado, vestido con uniforme de policía: casco, cinturón y demás, erguido sobre su cola barnizada. Lo miró, lo miró fijamente, medio hipnotizada por aquella grotesca visión.

—Hemos recibido cierta información —dijo Losee con voz serena—, sobre un asesinato que se ha cometido en este hotel.

—¿Puedo preguntar de dónde recibió esa información, superintendente? —preguntó el señor Fernández.

—Ya habremos de entrar en detalles —respondió Losee—. El deber de cualquier individuo que tenga alguna información es comunicarla a la policía.

—La señorita Wilmot es la única que tiene información —dijo el señor Fernández.

Cecily lo miró con sus claros y pálidos ojos y él le devolvió la mirada, una moral y larga mirada.

Tardó en responder.

—Maté a un hombre —declaró Cecily, concisa.

—Cannon —dijo el superintendente, y el agente sacó una libreta y un lápiz.

—¿Desea hacer alguna declaración, señorita Wilmot?

—Maté a un hombre. Le disparé... en defensa propia.

—¿Dónde ocurrió el hecho, señorita Wilmot?

Tardó en contestar.

—En uno de los cuartos de arriba —dijo finalmente—. No recuerdo en cuál.

El señor Fernández la miró rápidamente.

—¿En qué piso, señorita Wilmot? —preguntó el superintendente.

—No estoy segura —respondió.

—Se ahorrará usted, y nos ahorrará a todos, mucho tiempo y molestias si es más concreta...

—No lo recuerdo —dijo.

—¿Podría relatar las circunstancias que la llevaron a cometer este hecho?

—Bajaba de mi habitación en el último piso —dijo Cecily—, cuando pensé en detenerme a preguntarle a la señorita Peterson si tenía alguna orden para mí. Iba por el pasillo...

—¿En qué piso está el cuarto de la señorita Peterson?

—En el segundo.

—Entonces usted se encontraba en el segundo piso.

—No lo sé. Todas las luces estaban apagadas. Solo tenía una pequeña lámpara. Bien podría haber sido otro piso.

—De acuerdo. Prosiga, por favor.

—Me detuve ante una puerta abierta con una luz que procedía del interior. Cuando me acerqué, un hombre me arrastró hacia dentro. Me atacó. Vi una pistola sobre una mesa, la tomé y le disparé.

—¿Qué hizo después?

—Bajé y se lo conté todo al señor Fernández y a la señorita Peterson.

—¿Cuántos pisos bajó?

—No lo recuerdo.

—¿Qué pasó cuando disparó?

—El hombre cayó al suelo.

—¿Qué le hizo pensar que estaba muerto?

—Parecía muerto —dijo Cecily—. Le hablé. Lo toqué. Estaba muerto.

—Señor Fernández —dijo el superintendente—, ¿puede darle al agente Cannon una lámpara? ¡Gracias! Tendremos que registrar todas las instalaciones.

—Algunas de las habitaciones están ocupadas —le señaló el señor Fernández—. Espero que no considere necesario molestar a ninguno de nuestros huéspedes, superintendente.

—Eso espero —repuso el superintendente—. Señorita Wilmot, le pediré que nos acompañe. ¿Tiene usted una llave maestra, señor Fernández?

—Por supuesto. Pero será mejor que yo también los acompañe. Puedo decirles qué habitaciones están ocupadas.

—Desde luego —afirmó el superintendente—. Y la señorita Peterson también, si no le importa.

Miró a la señorita Peterson y, por primera vez, sus ojos se encontraron. A ella le pareció que esos diminutos ojos, hundidos e implacables, se parecían un poco a los del caimán policía.

CUATRO

Pasaron todos junto al escritorio en el que Alfred Jeffrey seguía sentado. El señor Fernández abrió la puerta hacia la escalera y subieron con el agente Cannon al frente llevando la lamparilla.

No me gustan estas escaleras, se dijo la señorita Peterson. El viento aún rugía y sus sombras se proyectaban monstruosas sobre las paredes de piedra. Nadie dijo ni una palabra. Vamos con una lámpara en busca de un cadáver, pensó; pero ¿para qué quiere que vaya yo? ¿Qué estará pensando? ¿Qué información tiene y de dónde la habrá sacado?

El señor Fernández abrió la puerta del segundo piso.

—¿En qué parte del pasillo queda la habitación en la que entró, señorita Wilmot? —preguntó el superintendente.

—No lo recuerdo —dijo ella.

—Empecemos por aquí —respondió él.

—¡Permítame! —exclamó el señor Fernández, acercándose con soltura a la primera puerta frente a la escalera, que abrió con un gesto demasiado cortés, sonriendo vívidamente, según observó la señorita Peterson.

La luz de la lámpara mostró un cuarto pulcro, aunque algo desolado. Losee entró, miró dentro del enorme armario, abrió la puerta del baño y luego pasaron a la habitación siguiente, y fue igual. Después, doblaron la esquina hacia el pasillo principal.

—Esta —dijo el señor Fernández— es la habitación de la señorita Peterson.

—Perdone, señorita Peterson —se disculpó Losee—, debo mirar también en su armario y su baño. —No encontró nada, pero en definitiva, él quería registrar cada habitación del hotel y aquello se prolongaría eternamente.

—Esta es la habitación de la señora Barley —señaló el señor Fernández—. Puede que esté dentro. Es mi ama de llaves, ya la conoce.

Tocó a la puerta, pero nadie abrió. Volvió a tocar, no hubo respuesta. Entonces, abrió con la llave maestra. Una vela ardía dentro y bajo su luz pudieron ver a la señora Barley tendida en la cama con el rostro enrojecido y el cabello canoso revuelto. Roncaba con la boca abierta, junto a una botella de ginebra en el suelo. Era un espectáculo lamentable, tanto que avergonzó y entristeció a la señorita Peterson. Por el contrario, imperturbable, el superintendente miró dentro de su armario y de su baúl.

Terminaron con aquella planta y regresaron a la escalera. Cuando el señor Fernández abrió la puerta, una voz alegre y lejana voceó desde el primer piso.

—¡*Ahoy*, marineros!

—Suba, doctor —dijo el superintendente, y esperaron mientras un hombre con una linterna subía ágilmente hasta quedar dentro del círculo de luz de la lámpara. Era un hombre alto, bastante delgado, de piernas largas, que avanzaba con solo doblar las rodillas. Tenía el cabello cortado casi a ras, bien encanecido, con el rostro rojo como un ladrillo y una sonrisa sin sentido.

—El doctor Tinker —anunció el superintendente, y el señor Fernández le estrechó la mano.

—Qué bueno verlo, doctor —dijo.

—¿Dónde está el cadáver? —preguntó alegremente el doctor—. ¿Aún lo buscan? Me costó llegar hasta aquí. Árboles caídos, cables tirados. Puede que haya más cadáveres. Aunque lo peor ya pasó. Oh, sí. El barómetro está subiendo.

El señor Fernández abrió la puerta del tercer piso.

—Mi pequeña suite está aquí, superintendente —le informó—. Tal vez quiera revisarla antes que al resto.

—Iremos examinando las habitaciones en orden, gracias —respondió el superintendente y, una vez más, el señor Fernández abrió cortesmente la primera puerta con su llave.

Pero esta vez fue distinto.

—¡Dios mío! —exclamó el señor Fernández.

Nadie más emitió algún ruido. La luz del farol mostraba a un hombrecito calvo, tendido bocarriba, con los ojos bien abiertos y una mirada demacrada junto a su nariz aguileña. Vestía una camiseta sin mangas y un pantalón de dril blanco, sucio, de tela gruesa. Tenía los talones juntos y sus zapatos, con suela pesada y punteras, estaban abiertos en ángulo recto y los brazos desnudos rígidos a los costados.

—¡Dios mío! —repitió el señor Fernández.

Todos permanecieron agrupados detrás de la puerta, con el agente Cannon sosteniendo la lámpara para poder ver lo que había dentro.

—¿Alguien podría identificar a este hombre? —preguntó el superintendente.

—¡Es él! —exclamó Cecily al instante—. Es el hombre al que disparé.

El doctor se giró para mirarla.

—Muy bien —dijo Losee—. Si es tan amable, baje a la oficina y espere, señorita Wilmot. La señorita Peterson y el señor Fernández también, si no les importa. El agente Cannon los acompañará.

El doctor entró, el superintendente tomó la lámpara, cerró la puerta, y los otros cuatro quedaron en total oscuridad. Pero el señor Fernández y el agente sacaron sus linternas. Cannon iba delante, sosteniendo la suya como un acomodador de cine. Tras él le seguía Cecily, sola, y a medida que se iluminaban los escalones, resplandecía su pie calzado con un reluciente tacón. El señor Fernández tomó a la señorita Peterson del brazo con una presión algo excesiva. Cuando estuve aquí antes, pensó ella, ese pobre hombrecito calvo ya debía estar tendido en esa habitación junto a la escalera...

—¿Qué fue lo que hizo gritar a esos dos muchachos? —preguntó.

—El Diablo —respondió el señor Fernández—. Quizá...

Pasaron junto al mostrador en el que Alfred Jeffrey seguía con su trabajo. Las personas en el salón seguían esperando. Entraron en la sofocante oficinita. Cannon cerró la puerta y se plantó frente a ella. El señor Fernández se sentó en la silla giratoria con el caimán tras él. El viento continuaba azotando las paredes.

—¿Podríamos tener un poco de aire? —preguntó Cecily.

—De inmediato —concedió el señor Fernández, sin mayor interés.

La puerta se abrió y entraron Losee y otro agente. El señor Fernández se levantó.

—¡Tome esta silla, superintendente!

—No. No... No se mueva, señor Fernández.

—Insisto...

Así que Losee volvió a sentarse en la silla giratoria y el señor Fernández se acomodó en el borde de su escritorio.

—Señorita Wilmot —dijo el superintendente—, le pediré que repita su relato de los hechos.

—Quiere decir... ¿Todo de nuevo?

—Si no le importa.

—Iba por el pasillo...

—¿Ya recuerda en qué piso?

—No —respondió ella con rapidez—. Lo siento, pero no. Vi una habitación con luz y pensé que podía ser la de la señorita Peterson...

—¿No sabe usted cuál es la habitación de la señorita Peterson, señorita Wilmot?

—Sí. Sí, claro que lo sé. Pero los pasillos estaban muy oscuros. Me confundí. Llamé, y un hombre me metió dentro...

—¿Puede describir al hombre?

—Era ese. El que ustedes vieron.

—¿Está segura de eso?

—Totalmente —aseguró ella—. Era él.

—Continúe, por favor.

—Él... me rodeó con sus brazos. No me dejaba ir. Luché contra él. Entonces vi una pistolita sobre la mesa, la cogí y le disparé.

—¿Dónde estaba el hombre cuando usted le disparó?

—De pie, ahí mismo.

—¿Entonces logró zafarse de él?

—Por un instante. Pero él estaba frente a la puerta. Iba a lanzarse de nuevo contra mí. Le dije que se detuviera. Y cuando siguió avanzando, le disparé.

—¿Qué ocurrió entonces, señorita Wilmot?

—Cayó.

—¿Dónde apuntó usted al disparar?

—No apunté. Solo quise detenerlo.

—Cuando el hombre cayó, ¿qué hizo usted?

—Pero si ya se lo dije. Bajé y le conté todo lo sucedido al señor Fernández y a la señorita Peterson.

—¿Cuánto tiempo pasó?

—Oh, fue casi de inmediato.

—¿Qué considera usted «de inmediato»?

—Que bajé enseguida.

—Señorita Wilmot, ¿hizo usted alguna llamada telefónica a la comisaría a las dos treinta y ocho?

—No —aseguró ella, mirándolo fijamente—. No la hice.

—A las dos treinta y ocho el sargento Brown recibió una llamada. Esa llamada pedía protección policial. Según el sargento, la llamada fue hecha por una mujer. «Por favor, envíen un agente aquí. Temo que ha habido un asesinato», dijo.

—Yo no dije eso. Jamás llamé a nadie.

—Esa llamada se hizo justo antes de que se interrumpiera el servicio telefónico. Aproximadamente dos horas antes de que usted informara al señor Fernández de su disparo.

—No hice ninguna llamada.

—¿Sabía usted de la presencia del occiso en el hotel antes de encontrarlo en la habitación del tercer piso?

—No.

—Señorita Wilmot —dijo él—, voy a pedirle al agente Cannon que le lea en voz alta las preguntas que le he hecho y las respuestas que usted ha dado. Adelante, Cannon.

Con una voz altisonante, pero monótona, Cannon leyó sus apuntes y la señorita Peterson escuchó con inquietud. La muchacha está mintiendo, pensó. No sé qué parte de su historia es mentira, pero es evidente. Tal vez el superintendente sí lo sepa.

—Señorita Wilmot —dijo él—, ¿desea reconsiderar alguna de las respuestas dadas?

—¡No, no quiero! —protestó ella.

—¿Desea que conste en el acta que usted disparó contra ese hombre y que luego cayó al suelo?

—Sí.

—Muy bien —le informó él—. Me veré en la obligación de ponerla bajo custodia y posteriormente acusarla de homicidio. Puede llevar consigo algunas pertenencias...

—¿Llevar...? —repitió Cecily—. Pero usted no... No iré... a prisión, ¿verdad?

—Está detenida, señorita Wilmot, por disparar y matar a una persona desconocida en este establecimiento.

La muchacha se levantó con los ojos fijos en el rostro del superintendente.

—¡Pero fue en defensa propia! —exclamó—. Eso no es asesinato.

—Señorita Wilmot —dijo el superintendente—, a ese hombre lo asesinaron por la espalda.

CINCO

Hubo silencio absoluto.

—Por favor, sea tan amable y reúna sus cosas —le ordenó el superintendente.

—¿Puedo acompañarla arriba, superintendente? —preguntó la señorita Peterson.

—Lo lamento, pero no es posible. El agente Cannon acompañará a la señorita Wilmot hasta su puerta y esperará hasta que salga.

La señorita Peterson se levantó y tendió su mano a la muchacha.

—¡Tranquila! —dijo.

Sus dedos se cerraron con fuerza sobre los de la señorita Peterson, pero Cecily no parecía alguien que se tomara nada con tranquilidad. Su hermoso rostro tenía una expresión de orgulloso desdén. Altiva, la pequeña cofia le daba, según la señorita Peterson, un aire a María Antonieta.

—¡Gracias! —respondió ella.

Cannon abrió la puerta, ella salió con la cabeza en alto y él la siguió. El señor Fernández encendió un cigarrillo.

—Superintendente —susurró la señorita Peterson, dulce como la miel—. ¿El hecho de que el hombre fuera abatido por la espalda no invalida por completo la declaración de la joven?

—Señorita Peterson —repuso él—, ella ha confesado en tres ocasiones que mató a aquel hombre.

—Pensaba que la policía desconfiaba un poco de las confesiones.

—¡Desde luego! —dijo él—. No es de extrañar que algunas personas confiesen crímenes que nunca cometieron. Pero este caso posee ciertos elementos... Esa joven tuvo mucho tiempo para cometer el crimen y no parece que esté alterada. Al contrario. Estaba tocando el piano cuando llegamos aquí.

La señorita Peterson creía en el lema «vive y deja vivir», y para ella eso significaba algo más que mantenerse con vida, cosa que cumplía con gran eficacia. A menudo estaba dispuesta a tomarse enormes molestias para ayudar a otros a seguir con vida. Se hizo una idea muy clara de cómo sería la prisión en una isla como Riquezas y de lo que supondría para una jovencita blanca extranjera estar allí encerrada.

También tenía una idea bastante precisa, basada en su experiencia, de lo que podría lograrse en un lugar como Riquezas gracias a las influencias. No con sobornos, sino únicamente por mero prestigio; algo que el señor Fernández poseía. Lo miró, pero él alzó las cejas y se encogió de hombros.

—Superintendente —dijo ella—; y si pudiera acordarse la libertad bajo fianza...

—Imposible, señorita Peterson. Es un caso claro de homicidio. Solo es posible en circunstancias muy inusuales.

—¿En defensa propia?

—Disparar a un hombre por la espalda, no da la impresión de ser en defensa propia.

—Tal vez él se giró de improviso y ella perdió un poco la cabeza... y se dejó llevar presa del pánico.

—Señorita Peterson —insistió el superintendente—, está perdiendo el tiempo. Recibimos una llamada telefónica solicitando protección policial e informándonos de que se había cometido un asesinato. En cuanto el temporal lo permitió, vinimos y nos encontramos con que, en efecto, se había cometido tal asesinato. Además de que una joven confesó voluntariamente, en el mismo lugar, haberle disparado.

—Es muy joven —replicó la señorita Peterson.

—Su edad, según su pasaporte, es de veintiún años —le señaló el superintendente.

La señorita Peterson enmudeció por un instante.

—¿Tendría la amabilidad de recomendarme un buen abogado? —preguntó—. Quisiera contratar de inmediato a alguien para defender a la señorita Wilmot.

—No me corresponde recomendar abogados —dijo el superintendente. Y a pesar de su actitud afable y cortés, ella pudo ver que se irritaba aún más con cada pregunta—. Nuestra cárcel es completamente moderna y está muy bien administrada —agregó e hizo una pausa. Luego, con una rabia contenida, espetó—: La muchacha no irá a ninguna cámara de tortura, tranquila.

No, no lo sé, pensó la señorita Peterson. Una gacela salvaje en la cárcel... pero mejor será callarme. Estoy fastidiando al superintendente. Y Fernández no moverá un dedo para ayudar a la muchacha. Eso está claro.

—¿Quiere que vaya al salón a ver si todos están bien? —preguntó.

—Debo pedirle que permanezca aquí —dijo el superintendente—. Cuando Cannon regrese, me gustaría que usted me ofreciera su declaración. Naturalmente, tendré que interrogar a todos los presentes en el hotel.

—Naturalmente —repitió el señor Fernández—. Bueno... tendrá toda mi cooperación, superintendente. —Y sonrió con ironía—. Qué buen comienzo para mi nuevo hotel, ¿no? Ese tipo... que debió salir de algún barco, ¿no?

—¿Un barco? ¿Qué sugiere? —preguntó el superintendente.

—Escuché que una goleta atracó ayer —dijo el señor Fernández.

—No tengo suficientes datos aún —repuso Losee—. Mi brevísima pesquisa no indica mayor cosa.

—Mi teoría es que debió haber salido de algún barco. Parece marinero. Un mozo de cubierta. Llegó a tierra y, cuando estalló la tormenta, vino hasta aquí deambulando. Podría haber entrado fácilmente sin ser advertido. Hay una entrada lateral, por ejemplo... Entra, da una vuelta, a ver qué puede llevarse...

—¿Todas las puertas de las habitaciones se cierran automáticamente con llave?

—Sí, por supuesto.

—Entonces, ¿cómo sería posible que entrara alguien en alguna de sus habitaciones?

—Las cerraduras pueden forzarse, ¿no?

—Ahora bien... Sobre su personal, señor Fernández. ¿Cuántas personas tiene empleadas?

—¡Solo Dios lo sabe! —exclamó el señor Fernández—. Usted conoce la situación aquí. Tengo en nómina a un cocinero y un ayudante, tres camareros en el comedor y tres camareras de piso, cinco muchachos, una ama de llaves y un recepcionista. Un personal reducido hasta que comience la temporada. Pero ellos siempre tienen a sus parientes y a sus amigos merodeando por aquí.

—Su ama de llaves. ¿Qué puede decirme de ella?

—Una maravillosa mujer —dijo el señor Fernández—. Trabajó en el hotel viejo, ¿sabe? Una mujer muy, muy buena, digna de toda confianza. Es inglesa. Lo único es su pequeña debilidad. Usted ya me entiende.

—¿Quiere decir que bebe?

—De vez en cuando. Pero no interfiere con su trabajo. Solo ocasionalmente y siempre de noche. Esta tormenta debió haberle puesto los nervios de punta.

—Claro... Ahora, en lo que respecta a la señorita Wilmot.

—¿Sí?

—¿Tiene alguna relación romántica que usted sepa?

—No. Y si la hubiera tenido, me habría dado cuenta de inmediato. Se lo aseguro. Sé muy bien todo lo que pasa en mi hotel. Ningún romance, ninguna carta. Ni una sola desde que llegó aquí.

—¿Qué sabe de sus antecedentes?

—Nada. Absolutamente nada. Vino aquí en un crucero. Fue a mi hotel y me pidió un trabajo. Bueno, pensé, ¿por qué no? Creí que era una muchacha muy bien educada, de buenos modales, muy musical. ¿Por qué no? Tenía el pasaporte y todo en regla. Y su conducta ha sido irreprochable, excepto...

—¿Excepto qué? —dijo el superintendente.

—Es un poco temperamental. De mucho espíritu, que dicen.

—¿Algún caso de violencia?

—¡Oh, no! —dijo el señor Fernández—. Solo un poco irascible, eso es todo. Impulsiva. Actúa sin pensar. —Parecía que hacía todo lo posible para encerrar a aquella gacela salvaje. Lo hacía deliberadamente.

—¿Alguna vez, que usted sepa, la vio en posesión o supo que tuviera algún arma, señor Fernández?

El señor Fernández sacudió la ceniza de su cigarro en un cenicero escarlata con forma de langosta.

—No... —dijo—. No que yo sepa. —En ese instante, tocaron a la puerta y apareció el agente Cannon con una pequeña maleta. Cecily estaba detrás de él. Se había quitado la cofia y el delantal, pero aún llevaba el vestido, los zapatos y las medias negras, además de un ancho sombrero de paja, también negro, en la parte posterior de la cabeza. Se había puesto más lápiz labial y se la veía espléndida. Pálida, hermosa, feroz.

—¿Hay alguna habitación que no se esté utilizando, señor Fernández? —preguntó el superintendente—. ¿El salón de juegos? Muy bien. Cannon, dígale a Humber que permanezca en el salón de juegos con la señorita Wilmot. Lo necesitaré a usted aquí.

—¡*Au revoir,* Cecily! —dijo la señorita Peterson—. Recuerde estar tranquila.

—Gracias... —repuso Cecily, y sus ojos claros descansaron un momento en el rostro de la señorita Peterson.

Esa niña está aterrada, pensó la señorita Peterson. Es una maldita vergüenza dejarla ir a la cárcel. Aunque saliera en unos días, aunque saliera mañana, sería demasiado.

—Ahora, señorita Peterson, si es tan amable... —dijo el superintendente, y comenzó a interrogarla. Quería un relato detallado de sus movimientos desde su llegada al hotel. Lo consiguió. Aunque también quiso el relato completo del dramático anuncio de Cecily.

—¿Le pareció agitada?

—Demasiado. Le castañeteaban los dientes. Estaba muy alterada. Nos contó lo mismo que a usted, que el hombre la arrastró a una habitación y que ella le disparó en defensa propia.

—¿Recuerda algún otro detalle?

La señorita Peterson bajó la vista al suelo como si estuviera muy concentrada. Se preguntaba si revelarle o no a Losee lo que Cecily había dicho al principio, que aquel disparo tuvo lugar en la habitación del señor Fernández. Fernández se lo tiene bien merecido, pensó; arrojó a Cecily a los lobos.

Pero la propia Cecily no se lo mencionó al superintendente. El señor Fernández pudo haberla persuadido de guardar silencio o ella podría tener un muy buen motivo para hacerlo. Podría empeorar las cosas si lo mencionaba.

—¿Recuerda algún otro detalle, señorita Peterson? —repitió el superintendente.

—No... —contestó ella despacio, dándose deliberadamente la oportunidad de «recordar» algo más tarde, si así lo decidía.

—Señorita Peterson, antes de levantar el cuerpo, le pediré que le dé otra mirada al difunto.

—Pero, superintendente —protestó el señor Fernández—. Esa es una petición muy difícil para una señorita.

—Hay muchos detalles desagradables en cualquier asesinato —dijo el superintendente.

—La señorita Peterson nunca había estado en Riquezas —continuó el señor Fernández—. No tenía intención de venir. Iba de camino a La Habana, vía Nueva York, cuando la encontré en el barco y le ofrecí este empleo.

—De acuerdo —dijo Losee—. Pero le pediré el favor de que se mantenga disponible, señorita Peterson. Y ahora, señor Fernández, me gustaría entrevistar a su recepcionista... a solas.

El señor Fernández se levantó.

—No será necesario molestar a los huéspedes, ¿verdad?

—De momento, comenzaré por su personal —dijo Losee—. Pero si ninguno de ellos es capaz de identificar el cuerpo, tendré que hablar con los huéspedes.

—Solo los hombres, ¿no? —exclamó—. Superintendente, ¡las damas del hotel no son el tipo de damas que conocerían a un hombre como ese! Sin lugar a dudas, esto se trata, claramente, de lo que podríamos llamar un accidente ajeno. Ese hombre no pertenece a este lugar. Entró para refugiarse de la tormenta o quizás para robar algo. Debió haber llegado de un barco.

—Investigaremos todas las posibilidades —explicó el superintendente—. Se lo garantizo; cuente con ello.

—Intentará explorar todas las posibilidades antes de molestar a los huéspedes del hotel, ¿no? —preguntó el señor Fernández—. Si hiciera averiguaciones para saber si falta alguien de un barco, tal vez...

—Investigaremos toda posibilidad razonable —dijo Losee, con extremada seriedad. Ya era hora de dejarlo en paz y el señor Fernández se dio cuenta de ello.

—El asunto no podría quedar en mejores manos —dijo, con una reverencia muy poco inglesa—. Le enviaré a Jeffrey, superintendente. El resto del personal, también está a su disposición.

—Abrió la puerta a la señorita Peterson y la siguió, después de cerrarla.

—Vamos a pasar un buen rato... —dijo secándose la cara con su pañuelo de seda malva—. Un buen rato... Cuando empiece a hacerles preguntas a esos muchachos, oirá de todo. Del Diablo, de Dios, quién sabe qué. ¡Bueno...! —Se encogió de hombros—. ¿Podría ayudarme con la señora Barley? —preguntó.

—Puedo intentarlo —respondió ella dudosa.

—Podría retorcerle el cuello —dijo bromeando—. Vaya personal, ¿no? Tengo a Cecily, a la señora Barley...

Solo falta que haya algún problema con Jeffrey. No lo podría soportar. Tiene una linterna, ¿no? Enviaré luego a Jeffrey y hablaré con los huéspedes. Debemos mantener la moral.

Miraron a los huéspedes. Se les había servido té en pequeñas mesas individuales cubiertas con manteles de lino rosado. Estaban allí sentados a la luz de las lámparas de aceite, con aquel calor sofocante, mostrando la más admirable actitud.

—Creo que ya puedo darles un poco de aire —dijo el señor Fernández—. ¡Bien! Si puede ayudarme con la señora Barley para que vea al superintendente... Y mientras está allá arriba, ¿podría pasar a ver a la señora Fish y a la señora Boucher, y comprobar que estén bien, por favor?

Caminaron juntos. Él se detuvo en la recepción para hablar con Jeffrey. Ella siguió hasta las escaleras y se encontró con el doctor que bajaba ágil como un saltamontes.

—¡Hasta luego! —dijo agitando la mano.

Hasta nunca, pensó la señorita Peterson. Creo que empezaré por arriba e iré bajando. Veré primero a la señora Boucher y no volveré a subir esas escaleras jamás. Estaba tan cansada y acalorada que le dolían las piernas, le palpitaban las sienes y sentía cierta presión contra los tímpanos. El viento seguía rugiendo y le pareció que el edificio temblaba con él. Odio estas escaleras, se dijo mientras subía.

Tocó a la puerta de la señora Boucher. «¡Adelante!», dijo la anciana. Fue como entrar en un mundo distinto;

reinaba una maravillosa calidez. Vio a la anciana, con su fina bata negra, sentada en el escritorio, con una lámpara de pantalla arriba, una bandeja de té y fotografías enmarcadas a su lado. Un enorme gato naranja permanecía dormido en el sillón.

—Vine a ver si necesitaba algo —dijo la señorita Peterson.

—No debió haberse molestado —dijo la anciana—. Se ve cansada, mi niña. Siéntese y descanse. ¡Taffy, muévete de ese sillón!

El gato la miró, cerró uno de sus brillantes ojos verdes y no se inmutó. La señorita Peterson lo cogió y lo puso sobre su regazo. La anciana la miró de reojo y continuó escribiendo su carta. Resultó que aquello era exactamente lo que la señorita Peterson necesitaba. Acarició al gato con su fina y experta mano y pensó en todo lo sucedido. Era el primer descanso que había tenido, el primer momento de paz y tranquilidad. Aquí hay demasiados enredos, se dijo. Cosas que no me gustan. Por ejemplo...

Pensó en todo lo que le molestaba y empezó a tener una visión más clara de las cosas. Con un suspiro, se levantó y puso al gato otra vez en el sillón.

—Qué agradable visita —dijo.

—¡Vuelva de nuevo! —repuso la anciana—. Será bienvenida siempre que quiera.

La señorita Peterson regresó a aquella escalera eterna y bajó sintiéndose mucho más aliviada. Contó los pisos, abrió la puerta del segundo y se dirigió a la habitación de la señora Fish. Allí no encontró la misma calidez, todo estaba curiosamente desordenado, y la propia señora Fish seguía tendida en la cama, parecía marchita.

—¿Cómo sigue ese dolor de muelas, señora Fish? —preguntó la señorita Peterson.

—Casi ha desaparecido, gracias a usted —dijo la señora Fish—. ¿Sabe?, la última vez que tuve dolor de muelas fue en Guatemala, en la selva, y una anciana india lo curó por arte de magia.

—Qué interesante —comentó la señorita Peterson.

—Tuve muchísimas experiencias extrañas viajando con mi marido —dijo la señora Fish con voz cansada—. Fuimos a Nicaragua, Venezuela, Brasil, Perú, Chile. Selvas, pantanos y montañas por igual... He tenido fiebres. Me han picado insectos venenosos. Todo muy pintoresco.

—Debió de serlo —dijo la señorita Peterson tratando de imaginar a la señora Fish en una selva.

—Mi marido era muy aventurero —continuó la señora Fish y ladeó un poco la cabeza para mirar aquel retrato del Diablo—. Alguien fuera de lo común. Le dije que fue asesinado, ¿verdad?

—Sí. Lo hizo.

—Estoy buscando a su asesino —continuó la señora Fish—. Eso es justo por lo que estoy aquí.

—¿Aquí? —repitió la señorita Peterson sobresaltada—. ¿Cree que está aquí?

—Si no lo está, vendrá —contestó la señora Fish—. Lo he estado buscando durante mucho, muchísimo tiempo.

La señorita Peterson miró a la pálida y lánguida mujercita con una especie de consternación.

No es humano decir algo así, sin ninguna expresión, se dijo. Es una locura.

—Pero... ¿sabe quién es el asesino? —preguntó.

—Sí, lo sé —dijo la señora Fish aún mirando la fotografía.

—¿Se lo ha dicho a la policía?

—Verá —explicó la señora Fish—. He pasado tanto tiempo en lugares donde no había policías, que me acostumbré a ocuparme de las cosas yo misma.

—Pero esto —dijo la señorita Peterson—, no es algo de lo que usted pueda ocuparse sola.

La señora Fish no dijo nada frente a eso.

Está demente, pensó la señorita Peterson; y de una manera muy peligrosa. Y si no lo está, es aún peor. Es... abominable.

—Estoy segura de que la policía aquí debe ser eficiente —dijo—. Si tiene alguna información, señora Fish, désela a la policía. Siempre es un error intentar manejar estas cosas por cuenta propia.

—No —dijo la señora Fish.

Era raro que la señorita Peterson se sintiera desconcertada o siquiera indecisa, pero ahora estaba perpleja. ¿Debería intentar sonsacarle algo?, se preguntó. ¿Debería tratar de averiguar quién cree que es el asesino? ¿Y cómo espera «ocuparse» de él cuando lo encuentre? ¿O será acaso todo un disparate fantástico?

La señora Fish apartó la vista de la fotografía y miró a la señorita Peterson.

—¿Ha pasado algo? —preguntó con la primera chispa de interés que mostraba.

—¿A qué se refiere?

—¿Que si ha pasado algo? —repitió la señora Fish—. ¿Algún accidente o novedad?

Bueno..., se dijo la señorita Peterson, hay un hombre muerto en este piso. Un hombre asesinado, si es suficiente novedad para usted.

—Me refiero a algo sobre los barcos —dijo la señora Fish.

—No he oído nada de barcos —respondió la señorita Peterson.

Tenía que salir de allí. El calor, la presión en los tímpanos, el sonido de esa voz se volvieron insoportables. Debía irse.

—Volveré... —empezó a decir, cuando de pronto se encendieron las luces. La lámpara del techo y la de la mesita brillaron con un deslumbrante fulgor.

—¿Le importaría apagar la luz, por favor? —dijo la señora Fish entrecerrando los ojos.

La señorita Peterson bajó el interruptor de golpe y se marchó, cerrando la puerta tras de sí. Si hay corriente, pensó, el ascensor estará funcionando, y podré bajar en él hasta el siguiente piso a ver a la señora Barley. Ya estoy harta de esas escaleras.

Era agradable ver el pasillo iluminado. Llamó al ascensor y esperó, y fue muy grato oírlo llegar. La puerta traqueteó al abrirse y vio a un muchacho en uniforme.

La señorita Peterson lo miró, y le dijo:

—Eres uno de los que llevaron a la señora Boucher escaleras arriba, ¿verdad?

—Sí, señora. Me llamo Howard.

—¿Qué fue lo que vio, Howard? —le preguntó.

—No entiendo, señora.

—¿Fue un fantasma? —continuó—. Yo también estaba en las escaleras, detrás de ustedes, y creí sentir algo.

—Vimos al Diablo, señora —respondió—. ¡Fue espantoso!

—Nunca he visto al Diablo —dijo ella—. ¿Cómo es?

—Oh, era alto, señora, alto como un árbol, y llevaba una túnica blanca que resplandecía como el fuego. Fue terrible.

—¿Una túnica blanca? No pensaba que el Diablo vistiera de blanco.

—Él se presenta como le plazca, señora. Él puede...

Sonó una campana y una lucecita roja se encendió en la cabina. La señorita Peterson se apresuró a entrar, la puerta se cerró, al igual que la reja, y comenzaron a descender. Pero entonces, las luces se apagaron y el ascensor se detuvo.

—¡Dios mío! —gritó Howard—. ¿Qué será ahora?

El Diablo, seguramente; pensó la señorita Peterson acomodándose contra la pared del ascensor. Howard y el otro muchacho vieron al Diablo, y la señora Fish tiene una fotografía de él... Y ahora estoy aquí encerrada en esta cajita, colgando en el aire... ¡Muy bien! Que venga. Estoy cansada de todo esto.

SEIS

Encendió su linterna y miró a Howard. Su rostro era como el de una máscara angustiada.

—Muerte en la casa, señora —dijo—. El Diablo vino a buscar lo que es suyo.

Debe saber lo del hombre muerto, pensó la señorita Peterson. Probablemente, todos ya lo sepan, hasta quizá antes que nosotras... Conque el Diablo de túnica blanca, resplandeciente como el fuego... Me gustaría saber qué fue lo que en verdad vieron... a quién vieron.

—No podemos salir, señora. La puerta no se abrirá hasta que estemos al nivel del piso.

—El señor Fernández nos sacará de aquí —dijo ella.

Estaba completamente segura de eso. Tenía plena confianza en Fernández para dichos menesteres, aunque desconfiaba de él respecto a otros asuntos. Sin duda me sacaría de un ascensor atascado. Pensaba que era el hombre indicado para tener al lado durante un terremoto, una inundación o cualquier otro peligro semejante. Era ingenioso, enérgico y audaz.

Aunque jamás olvidaría sus propios intereses. Salvaría cualquier vida en peligro, sí, pero si eso amenazaba su propia vida, su dinero o su prestigio, él... Bueno... ¿de qué sería capaz? Hizo todo lo posible por asegurarse que esa pobre jovencita acabara en la cárcel, aun sabiendo tan bien como yo que no era culpable. ¿Qué más sería capaz de hacer? ¿O qué más habrá hecho?

¡Sabe Dios!, se dijo dando un suspiro, apoyando sus anchos hombros contra la pared. Estoy cansada. No me siento muy bien... creo que es porque tengo hambre. Si pudiera cenar ahora y tomar una taza de café... una tacita de café brasileño, bien dulce...

—El Diablo puede llegar donde quiera, señora —dijo Howard con una mísera voz ahogada—. Puede incluso viajar por el aire.

—No puede entrar aquí —contestó ella casi mecánicamente, porque era su segunda naturaleza querer tranquilizar a los demás—. Yo tengo un amuleto.

—¿Un amuleto tan fuerte como para detener al señor Diablo? —exclamó.

—Así es —dijo ella, y él rio.

—El señor Losee no cree que hayamos visto al Diablo —le aclaró, y volvió a reír—. Quizá algún día él mismo lo vea.

Las luces se encendieron y el ascensor comenzó a descender con lentitud, como si levitara. La señorita Peterson bajó en el segundo piso y fue hasta la habitación de la señora Barley. Tocó, pero no hubo respuesta. Tocó más fuerte, mucho más fuerte, pero aun así nadie respondió.

No me gusta este trabajo, pensó saliendo al pasillo y llamando de nuevo al ascensor. Las luces seguían encendidas y eso ya era mucho. El ascensor subió y Howard abrió la puerta.

—¿Podría traerme una llave maestra? —preguntó, y se quedó esperando, inquieta por la señora Barley.

Qué maldita molestia, pensó. Quisiera ir a mi cuarto, darme un baño y luego cenar. Esperó y esperó en el pasillo iluminado y sofocante, sobre una alfombra de algún material rojo oscuro. El viento seguía soplando y la lluvia aún golpeaba las ventanas entabladas al final del corredor, pero ya no con la misma fuerza.

—¡Dese prisa! —gritó por la puerta del ascensor a Howard, pero pasó mucho tiempo antes de oírlo subir de nuevo. Este se detuvo, la puerta volvió a traquetear, y el joven Jeffrey salió de él.

—¿Se quedó fuera sin llave? —preguntó alegremente.

—No. Es para otra habitación —dijo ella, extendiendo la mano para recibir la llave.

—Déjeme abrirle la puerta.

—No, gracias —respondió—. Si me permite la llave un instante...

—Va contra las normas —dijo él—. Es una orden de Fernández. Nunca debo darle la llave maestra a nadie. Sin excepción.

—Es solo para abrir la puerta de la señora Barley —aseguró ella.

—Si no le molesta un consejo de un viejo empleado —contestó él—, creo que a la señora Barley será mejor dejarla en paz un rato.

—Lo sé —dijo la señorita Peterson—. Pero no es posible. El superintendente quiere verla.

—¿No hablaron ya?

—Mejor, vamos —sugirió la señorita Peterson gentilmente. Él la acompañó por el pasillo y abrió una puerta.

—¡Gracias! —dijo la señorita Peterson esperando que se fuera. Pero él se quedó con la espalda contra la puerta abierta, mirando hacia la habitación donde la vela se había consumido casi por completo dentro de una lampara de vidrio.

—¿Y si quito las contraventanas? —preguntó Jeffrey—. Nuestro señor Fernández ordena que todas las ventanas de este lado del hotel se abran.

—Está bien, gracias —repuso la señorita Peterson de mala gana, pues su instinto era proteger a la desdichada señora Barley de la mirada alegre y burlona de Alfred Jeffrey.

Mientras él cruzaba la habitación, ella encendió la lámpara de la mesita de noche y apagó la vela. La señora Barley seguía tendida en la cama, ruborizada, despeinada y roncando. La señorita Peterson se inclinó para recoger la botella de ginebra del suelo, la guardó en un cajón de la cómoda y luego recogió un suéter blanco de algodón con encajes, que estaba tirado en el suelo junto a la cama. Pero al tomarlo, algo cayó de él con un golpe seco... una pequeña pistola automática.

Dejó caer el suéter encima y miró hacia Jeffrey, que estaba junto a la ventana, pero lo descubrió mirándola. La pistolita estaba cubierta, pero no podía saber si él la había visto o no. En cualquier caso, no debía tocarla. Se sentó en una silla y esperó hasta que él consiguió quitar las pesadas contraventanas. Tras hacerlo, entró el bendito aire fresco junto al fuerte estruendo del oleaje y el silbido de la lluvia.

—Gracias —dijo ella—. Por favor, ¿podría mandar a alguien con una jarra de café bien fuerte y caliente?

—Con mucho gusto —dijo él. Pero aun así, no se fue—. Pobre vieja Barley... —comentó mientras la miraba—. Una víctima.

—¿De qué? —preguntó la señorita Peterson.

—Del destino, probablemente —respondió Jeffrey—. Tiene un pasado, ¿sabe? Solía tener un hotelito propio que marchaba muy bien, según me han dicho. Pero una noche, después de haberse tomado una que otra copita para reconfortarse, prendió fuego al lugar por error y se quemó hasta los cimientos con una espantosa pérdida de vidas. Qué terrible accidente.

—¿Cómo de espantosa? —preguntó la señorita Peterson.

—Miles de vidas... —repuso él—. Un holocausto de cucarachas.

—Ya veo... —dijo la señorita Peterson de mala gana—. ¿Podría pedir que envíen el café lo antes posible, por favor?

—Creo que no le agrado mucho —dijo Jeffrey.

—Deme tiempo —respondió ella.

Por fin se marchó y la señorita Peterson se dispuso a hacer lo que pudiera por la señora Barley. Le lavó la cara y las muñecas con agua fría y continuó llamándola por su nombre con tranquila insistencia.

—Señora Barley, intente responderme, ¿sí? ¿Señora Barley? ¿Señora Barley? ¿Señora Barley?

—¿Sí...? —dijo la señora Barley con una voz ronca, sin siquiera abrir los ojos.

—Señora Barley. Soy la señorita Peterson. La tormenta está amainando, señora Barley. Si se incorpora, sentirá la brisa. Venga. ¡Así está mejor!

La ayudó a incorporarse y acomodó unas almohadas detrás de su espalda. Esperó un momento y luego le dijo, muy rápida y claramente:

—Ha habido un asesinato aquí.

Esperaba sacudir a la señora Barley de su estupor, pero no funcionó.

—Sí... —dijo la señora Barley, esforzándose por mantener abiertos los pesados párpados.

—La policía quiere hacerle algunas preguntas.

Las lágrimas comenzaron a brotar de los ojos de la señora Barley y su prominente labio superior tembló lastimeramente.

—¿La policía? —dijo—. La policía. Lo sé... Lo sé todo. Todo ocurrió antes de que... ¿La policía dijo...? ¡Crimen! ¡Crimen!

—Tranquila —dijo la señorita Peterson lavándole la cara.

—¡Crimen! ¡Negli...! —repitió la señora Barley, luchando penosamente contra sí misma—. Yo intenté... Intenté. Lo vi. Tiró un fósforo al suelo. Y yo intenté... Pero se cerró la puerta... en mis narices...

—¿Uno de los criados?

—Un merodeador.

—¿Un merodeador aquí?

—Merodeador —repitió la señora Barley, llorando—. Yo intenté... Soy Respon... respon...

—Usted no es responsable —intentó calmarla la señorita Peterson—. No llore, señora Barley. Tranquilícese.

—Lo vi... Muerto como una piedra... Así que tomé... Tomé...

—¿El arma?

—La pistol... Y luego yo... yo...

Era doloroso presenciar semejante situación. Su mente se aclaraba un poco, pero su lengua, sus labios estaban fuera de control, como también sus lágrimas.

—¿Escondió el arma? —preguntó la señorita Peterson.

—En el sue... tele... —dijo la señora Barley en un esfuerzo frenético—. Sue... telefo...

—¿Teléfono?

—Tele... telefoneé a la policía...

Tocaron a la puerta y la señora Barley lanzó un grito.

—No se preocupe —dijo la señorita Peterson.

Era uno de los camareros isleños con una cafetera, una taza y un plato en una bandeja.

—La señorita Wilmot pregunta si podría despedirse de ella —dijo.

—¿Parte ya?

—Sí, señorita. Ahora mismo.

Ella tomó la bandeja y la dejó sobre la mesita de noche.

—Volveré en un segundo —le dijo a la señora Barley—. Mientras tanto...

Vertió un poco de café en la taza.

—Si bebe algunos sorbos, se sentirá mucho mejor. No tardo —repitió.

No quería dejar a la señora Barley en semejante situación, pero no había más remedio. Bajó en el ascensor con Howard y salió al salón, que estaba por completo transformado, iluminado agradablemente con pequeñas lámparas de pantalla dorada, los ventiladores eléctricos zumbando, dando aire fresco y húmedo. Pero estaba vacío.

—El superintendente está en la oficina del señor Fernández, señora —le dijo Howard, y ella se apresuró en ir. La oficina también había cambiado, tenía la ventana abierta y una lámpara color esmeralda encendida sobre el escritorio. Se encontraban allí el superintendente, el agente Cannon y el señor Fernández, todos de pie, y Cecily entre ellos. Ella se giró rápidamente hacia la señorita Peterson y en esos ojos claros y luminosos vio una extraña expresión de súplica, de abatimiento, de miedo.

—La señorita Wilmot pidió verla antes de marcharse —dijo el superintendente—. Le concedí esa petición.

—Tan solo quería despedirme —dijo Cecily.

La señorita Peterson extendió su mano hacia la muchacha un tanto distraída.

—Superintendente —dijo—, acabo de hablar con la señora Barley, el ama de llaves. Creo que le interesaría saber que fue ella quien llamó a la policía.

—¿Ella...? —preguntó el señor Fernández sobresaltado.

—Pensé que querría hablar con ella antes de que la señorita Wilmot se marche —dijo la señorita Peterson.

—Perfecto —afirmó el superintendente—. Deme un momento.

—Tiene allí un arma, superintendente —agregó la señorita Peterson—. Una pequeña automática. Estoy segura de que querrá verla. Segura.

—¡Exacto! —exclamó Losee—. Cannon, quédese aquí con la señorita Wilmot. Señorita Peterson, venga conmigo. No hace falta que se moleste, señor Fernández.

—¡No es ninguna molestia! —dijo el señor Fernández—. La señora Barley hablará mucho más si yo estoy presente. Desde luego, supondrá que me tiene confianza, ¿no?

—De acuerdo —concluyó el superintendente—. Pero no lo incomodaré por ahora, señor Fernández.

Ja, ja, ja, don Carlos; acaba de perder esta jugada, pensó la señorita Peterson. Y quizás pierda también la siguiente. Puede que Cecily no vaya a la cárcel después de todo. Lo miró y sonrió, dejando entrever una sonrisa lenta y amplia que mostró su dentadura blanca y uniforme, y él levantó ambas manos en un gesto elegante y, de alguna manera, conmovedor.

Caminó con ellos hasta el ascensor y se despidió inclinándose con un ademán para dejarlos pasar.

—¡Ah, la llave! —exclamó la señorita Peterson.

—¿La señora Barley está encerrada en la habitación? —preguntó el superintendente.

—¡Oh, no! Es para ahorrarle la molestia de levantarse —explicó la señorita Peterson mientras se dirigía hacia la recepción. No encontró a nadie. Tocó la campanilla sobre el mostrador. Salió otro muchacho isleño por una puerta frente a la oficina del señor Fernández.

—El superintendente Losee necesita la llave maestra —dijo; y el muchacho se la entregó. Llegaron finalmente a la puerta de la señora Barley y la señorita Peterson llamó. No hubo respuesta.

—Superintendente —dijo ella—, ¿le parece bien si entro primero? Para... —Hizo una pausa—. ¿Para prepararla? —preguntó, y en voz baja y algo seria añadió—: Podría no estar totalmente vestida...

Sabía que eso lo incomodaría.

—¡Sin problema! —repuso él, y ella abrió la puerta y entró.

Por un instante permaneció inmóvil, completamente desconcertada. Luego retrocedió hasta el pasillo.

—Me temo —dijo—, que la señora Barley no se encuentra muy bien.

—¡Con su permiso! —exclamó Losee, pasando a la habitación por delante de ella. La bandeja del café había sido desplazada, casi a medio caer en el borde de la mesa, para dejar espacio a la botella de ginebra que allí, abierta, acompañaba a la señora Barley que dormía de nuevo.

—No obtendré ninguna información de ella —dijo Losee ofendido.

—Estaba mejor cuando la dejé —replicó la señorita Peterson.

Losee no respondió a eso. Miró alrededor de la habitación.

—Me gustaría ver la pistola que mencionó —dijo—, si es tan amable.

—¡Ya no está! —exclamó la señorita Peterson.

Él cerró la puerta y comenzó a registrar la habitación. Revisó el armario, los cajones, incluso debajo del cojín del sillón.

—Tenga la bondad de mirar en la cama —dijo, y la señorita Peterson lo hizo. Buscó bajo las almohadas, bajo la señora Barley, por todas partes. Nada.

—Superintendente, alguien ha entrado aquí.

—¿Qué fundamentos tiene para afirmarlo?

—El arma desapareció —dijo—, y la ginebra volvió a salir. Yo la oculté en un cajón.

—La señora Barley pudo haber sacado la botella por sí misma —refutó él—. Y pudo haber arrojado el arma por la ventana.

—No creo que fuera capaz, superintendente.

—¿Ha tenido usted formación médica, señorita? —preguntó. Y no cabía duda de su molesta actitud.

—No, no la he tenido, superintendente —respondió ella—. Pero he visto antes a personas en su estado. No creo que pudiera haberse levantado y encontrado la botella tan rápidamente. Y tampoco creo que arrojara el arma por la ventana. Quería conservarla, por alguna razón.

—Quizás quiera ofrecerme una breve descripción de su conversación con la señora Barley —dijo él.

—Me contó que había visto a un desconocido, un merodeador, según dijo, en el hotel.

—¿Dónde? ¿En qué parte del hotel?

—No lo dijo.

—¿Cuándo?

—Tampoco lo dijo. Pero debió de ser antes de que el teléfono se cortara, porque me confesó que fue ella quien había llamado a la policía.

—¿Por qué llamó a la policía?

—Supongo que estaba alarmada.

—¿Afirmó estar alarmada?

—Era incapaz de hablar con claridad, superintendente. Pero me parece que es la explicación natural.

—¿Declaró haber llamado a la policía sin avisar a nadie en el hotel sobre la presencia de aquel merodeador?

—No hablamos mucho tiempo, superintendente. Pero lo que sí dijo, me pareció tan importante que quise informarle de inmediato. Pedí café para ella. Si lo hubiera bebido, estoy bastante segura de que habría podido relatarle lo sucedido…

—¡Lástima! —dijo él—. Bueno, tendremos que esperar hasta que esta buena señora sea capaz de hablar por sí sola. —Tapó la botella de ginebra y se quedó mirando a la señora Barley.

—Creo que le pediré al doctor Tinker que le eche un vistazo a esta buena dama —dijo.

—¡Estupendo! —dijo la señorita Peterson.

SIETE

A solas con la señora Barley, la señorita Peterson se sentó cerca de la ventana abierta y miró hacia afuera, al exterior oscuro donde caía la lluvia suavemente. Alguien entró aquí, se dijo. Supongo que pudo haber sido cualquiera. La señora Barley quizá abrió la puerta si alguien llamó. Pero no creo que nadie lo hiciera. Alguien debió entrar con una llave. La llave de esta habitación o con la llave maestra. Creo que fue Alfred Jeffrey. Él tiene una llave maestra. Vio el arma aquí y vio también dónde guardé la botella de ginebra. Ahora el arma ha desaparecido, esta pobre mujer está fuera de sí y el superintendente Losee se quedó con una muy mala opinión de mí.

Se oyó un alegre toc-toc-toc en la puerta y ella la abrió para dar paso al jovial doctor Tinker.

—¿Qué tenemos aquí? —preguntó—. ¿Un caso de alcoholismo?

—Espero que no sea grave —dijo la señorita Peterson—. No parece que haya bebido mucho de la botella.

—Ya veremos —dijo él. Mirando fijamente a la señorita Peterson en lugar de a la señora Barley—. ¿Su primera vez en Riquezas? —preguntó.

—Sí, doctor —respondió ella, mansa como una paloma.

—Espero que se quede mucho, mucho tiempo —dijo.

—Gracias, doctor.

—He estado en Nueva York muchas veces —dijo—. Las muchachas americanas... ¡Madre mía!

La señorita Peterson miró distraída por encima del hombro del médico y él se giró de inmediato hacia la señora Barley. Ella vio que las delgadas cejas de él se levantaban y fruncían mientras le tomaba el pulso. Luego, levantó uno de sus párpados, sacó el estetoscopio y escuchó por largo tiempo. Cuando se incorporó, ya no se le veía tan feliz.

—¿Es grave? —preguntó la señorita Peterson.

—Sí —dijo brevemente—. Sin embargo... —Tomó el teléfono, esperó y le hizo señas con impaciencia—. ¿Sería tan amable de bajar y pedirle al superintendente que suba, por favor? —dijo—. ¿Y de llamar al hospital para que envíen una ambulancia de urgencia, por favor? ¡Gracias!

La señorita Peterson salió apresurada de la habitación, llamó al ascensor y esperó en el silencioso pasillo. Demasiado silencioso. No hacía mucho, pensó, el merodeador había estado en ese mismo pasillo. ¿Y detrás de él su asesino? ¿El mismo que también quiso matar a la señora Barley?

El ascensor llegó, se detuvo y dentro encontró a la anciana señora Boucher con un largo vestido de crepé negro y una bufanda de terciopelo del mismo color alrededor de su cuello.

—¡Buenas noches! —dijo, inclinando su elegante cabeza—. La tormenta ha pasado y espero que todo marche sin contratiempos a partir de ahora.

—Oh, creo que sí —respondió la señorita Peterson.

Todo estará bien, pensó, salvo por el hombre muerto en el tercer piso, el arresto de Cecily por matarlo, y la delicada situación del ama de llaves. Aparte de esto, todo estará de maravilla.

Le pareció sorprendente escuchar música alegre cuando el ascensor se detuvo en la primera planta, era un pasodoble. El salón tenía un aire de inesperada festividad y vio allí a todos los huéspedes; la pareja de mediana edad, la vieja señora Green, la señora Fish y el mayor. Todos vestidos apropiadamente para la velada. Un criado isleño aguardaba junto a un gran fonógrafo con un disco en la mano, y el señor Fernández se movía de un lado a otro, ligero y cordial, con una chaqueta blanca de etiqueta y corbata negra.

La señorita Peterson se quedó paralizada y él se acercó a ella.

—¿Pasa algo? —preguntó; y ella se lo contó mientras el pasodoble seguía sonando.

Él la escuchó con la cabeza inclinada y el rostro inexpresivo.

—Losee se ha marchado —le dijo—. Lo llamaré enseguida. Y enviaré de inmediato a por la ambulancia.

Mientras tanto... Si me hace el favor, ¿podría arreglarse en quince minutos? ¿Sería posible...? Le agradecería que pasara al comedor con los huéspedes.

Alzó la mirada hacia ella, sus ojos negros parecían opacos y los surcos de la nariz a la boca se veían más profundos.

—Quisiera distraer su atención —dijo—. Mientras se llevan la carroña.

No le agradó ni su tono ni sus palabras.

—Pensé que todos debían ver el cuerpo —dijo ella.

—El cocinero ya lo identificó —respondió instantáneamente el señor Fernández—. Ahora... No es por apresurarla, señorita Peterson, pero si es tan amable de arreglarse...

—¿El cocinero lo identificó? —repitió ella.

—Si es tan amable... —volvió a decir él—. Hablaremos de eso más tarde.

—Claro, señor Fernández —dijo ella.

Quince minutos después, regresó con un vestido de noche azul oscuro de organdí suizo con lunares y sandalias de lino azul. Entró en el comedor y un camarero la condujo a una mesa, la peor de la sala, junto al biombo que ocultaba la puerta de servicio. El señor Fernández no estaba presente.

Fue una muy buena cena y aunque ella comió con apetito todos los platos, no los disfrutó. El huracán había pasado de largo dando apenas un coletazo en la isla, sin embargo, la opresión que había sentido la noche anterior en el barco aún pesaba sobre ella, incluso más que antes.

Se sentía nerviosa, tal como mantienen los gatos. Cuando alguien tosía, su cabeza rubia giraba con un sobresalto. Presentía que algo sucedería, cosas invisibles, ominosas a su alrededor, mientras ella permaneciera ahí prisionera.

¿Qué habrá pasado con la señora Barley?, pensó. ¿Encontraron el arma...? Y el cocinero identificó el cuerpo... ¿Ah, sí? Pues bien, ¿quién era? Me gustaría saberlo. Me gustaría saber también sobre ese diablo de resplandeciente túnica. Y Cecily... ¿Estará encerrada en una celda ahora? El señor Fernández pudo haberlo evitado, pero hizo todo lo posible por empeorar la situación.

Estaba ansiosa por escapar, por hacer algunas indagaciones privadas. Pero antes de que acabara su cena, la pareja de mediana edad se acercó a su mesa y le pidió que fuera la cuarta jugadora en una partida de bridge con ellos y el mayor. Obviamente, formaba parte de sus deberes de anfitriona y no podía negarse, así que se unió a ellos en el salón. Pero no quería jugar al bridge, buscaba información interna.

—Qué cosa más espantosa, ¿verdad? —dijo la señora Fredericks, la dama de mediana edad. Un alma pequeña de rostro iluminado, con gafas de pinza y piel tersa sonrosada y blanca—. ¡Imagínense, un vagabundo tratando de asesinar a la pobre Cecily!

—No tiene sentido para mí —respondió su marido cuadriculado, sólido, serio—. Quiero decir; si la policía hubiera creído esa historia, no habrían arrestado a la muchacha.

—Panda de inútiles —dijo el mayor.

—No —intervino el señor Frederick—. Oí hablar de Losee cuando estaba en Ceilán. Hizo muy buen trabajo allí. No. La explicación más plausible es que la chica tuvo un encuentro con algún sujeto y lo trajo al hotel...

—¡Esa es una suposición injustificada por su parte, señor! —exclamó el mayor ruborizándose.

—No —repitió el señor Fredericks aún serio y ecuánime—. Es razonable, eso es todo. En primer lugar, no hay vagabundos en una isla como esta. En segundo lugar, si él era un vagabundo, un merodeador como lo llaman, el último sitio al que iría sería a un hotel. En tercer lugar, si hubiera habido algo que apoyara la declaración de la joven de que le disparó en defensa propia, se le habría concedido el beneficio de la duda. No meten a una mujer extranjera en la cárcel en una isla como esta, a no ser que sea inevitable.

—¿Nunca ha oído de un policía que se equivoque? —preguntó el mayor.

—No muy a menudo, la verdad —dijo el señor Fredericks—. No. No creo en la tal teoría del vagabundo. Apostaría lo que fuera a que el difunto vino aquí con un propósito. Un propósito concreto.

—¡Dios mío! —replicó el mayor—. ¿Acaso vio al hombre?

—Lo vi —afirmó el señor Fredericks—. No sugiero que tuvo un encuentro con la joven o que esté necesariamente relacionado con una aventura amorosa. Puede que haya venido a entregarle algún mensaje o puede que lo haya hecho con el propósito de chantajearla a ella o a alguien más.

—¡Muy bien, señor! —dijo el mayor con cierto júbilo—. Si su hombre vino a chantajear a la muchacha, admitirá que era justificado el dispararle.

—No —aseguró el señor Fredericks en un tono serio—. Ciertamente, no. Aún debemos considerar la supuesta identificación del difunto por parte del cocinero, Robert...

—¿Por qué «supuesta»?

—No tiene ningún respaldo o evidencia presuntiva —respondió el señor Fredericks. El cocinero, Robert, alega que vio al difunto anoche en la costa norte, al borde del camino. Alega, además, que entabló una conversación con él, que el difunto dijo que se llamaba Elfie, y que era un marinero que había venido aquí como polizón en algún barco.

—¡Bravo! —exclamó el mayor—. ¿Por qué no habría de ser cierta la historia?

—Por varias razones —contestó el señor Fredericks—. No me lo trago.

—¿Y quién se cree usted, señor? —replicó el mayor.

Hubo un momento de silencio.

—Oh... Nadie en especial —contestó el señor Fredericks alejándose. La señorita Peterson lo miró llena de asombro.

—¡Detective de sillón! —le espetó el mayor, y también se marchó.

—Bueno, no habrá nada de bridge esta noche —dijo la señora Fredericks con una risita alegre—. Supongo que traeré mi libro y me pondré a leer.

La señora Fish leía una revista con una portada muy llamativa, una imagen de una muchacha de grandes ojos enloquecidos y una mano siniestra cubriéndole la boca; la anciana señora Green tejía, y la señora Boucher hacía crucigramas. Le pareció a la señorita Peterson que podía dejarlos a todos a su aire, mientras ella preguntaba por la señora Barley.

Se dirigió al ascensor, pero, cuando pasaba junto al mostrador, Alfred Jeffrey le habló.

—Señorita Peterson —dijo—, si me permite cinco minutos...

—Sí, ahora— respondió ella—. Veré primero cómo sigue la señora Barley.

—Se la llevaron en una ambulancia —le informó Jeffrey—. Morirá en el hospital. Es una de las normas del señor Fernández que los empleados no mueran en las instalaciones. Quien sea sorprendido haciéndolo, se le impondrá una multa: quinientos marcos, liras o kopeks.

—Tiene usted un semblante muy alegre —observó la señorita Peterson.

—Oculta un corazón destrozado —replicó él—. Por favor, pase a mi oficina; dijo la araña a la mosca.

—¿Soy una araña?

—Lo desconozco —replicó él—. Pero ¿podría entrar aquí?

Abrió una puerta junto a la oficina del señor Fernández, otra habitación más pequeña y mucho más calurosa; un deplorable infierno en todos los sentidos.

—Como prueba —dijo—, ¿se tomaría una copa conmigo?

—¿Prueba de qué?

—Se me prohíbe beber alcohol mientras estoy de servicio. Bastante sensato, ¿no cree? Aunque estoy de servicio desde las ocho de la mañana hasta las once o doce de la noche, ahora quiero un trago, y si usted toma uno conmigo, confiaré en usted. Sabré que está de nuestro lado.

—¿A qué lado se refiere? —preguntó ella.

—Al de la gente. Los obreros contra el patrón. Preparo un julepe de menta riquísimo.

—Un julepe de menta podría sentarme bien —dijo la señorita Peterson.

Él salió de la oficina y ella se sentó. No estoy segura..., pensó. Quisiera saber más. Me encantaría que Jeffrey me contara más. Podría ayudarme a decidir sobre muchas cosas. Pero lo principal es ¿debo contarle a Losee lo que Cecily dijo en realidad? Que mató a aquel hombre en la habitación de don Carlos... Si tan solo supiera por qué cambió su historia... ¿En verdad lo encontró ahí y luego lo negó? ¿O habrá algo de cierto en la loca teoría del señor Fredericks de una cita secreta? Fredericks es otro ser extraño. Tiene aire de oficial y mente de oficial. No es posible que se equivoque. ¿Sería acaso un chantaje...?

Jeffrey entró de nuevo con dos grandes vasos escarchados en una bandeja. Lo tenía todo planeado, pensó la señorita Peterson. No podía haberlos preparado tan rápido. Se sentó junto a ella en el escritorio, mirándola siempre con esa sonrisa burlona.

—¡Bridemos por nuestra alianza! —dijo.

La señorita Peterson dio un sorbo y le resultó una bebida muy fuerte. ¿Esa era su intención?, pensó. ¿Embriagarla para hacerla hablar?

—¿Seremos amigos? —preguntó él.

—¿Quién sabe? —replicó ella—. La amistad es una planta de lento crecimiento.

—¡Como dice Confucio!

Su alegría era nerviosa aunque intentaba ser cauteloso.

—¡Bueno! —dijo él—. Cecily se ha ido. La señora Barley también. Eso es... muy conveniente, ¿no le parece?

Divagaba para llegar a algo. Precavido, hábil, pero nervioso.

—¿Conveniente? —repitió ella.

—Lo lamento mucho por Cecily —dijo él.

—Es joven —añadió la señorita Peterson—, lo superará.

—Si la juzgan por asesinato, no lo podrá superar.

—Es imposible saberlo —dijo la señorita Peterson—. He conocido al menos a dos personas que fueron juzgadas por asesinato y lo superaron—. Miró de reojo a Jeffrey y continuó—: Una de ellas también era mujer. La habían juzgado por envenenar a su marido. Es una historia muy larga, aunque poco común. ¿Le gustaría escucharla?

—Claro —dijo él—, pero me temo que ahora mismo no tengo mucho tiempo. ¿No le gustó su bebida, señorita Peterson?

—¡Deliciosa! —respondió, y tomó otro sorbo muy pequeñito, mirándolo fijamente por encima del borde del vaso.

Él se secó la frente y las palmas de las manos con un pañuelo, como un acróbata preparándose para una gran hazaña. Se lo veía muy nervioso.

—Supongo que conoce al señor Fernández desde hace mucho tiempo, ¿verdad? —dijo él.

—No tanto —contestó.

—Todo un buen hombre, ¿no cree?

—Parece un buen hombre de negocios.

—Sí, y mucho más... —añadió Alfred Jeffrey—. ¿Su bebida está demasiado dulce, señorita Peterson? ¿Debo llamarla «señorita Peterson»?

—Sí —respondió con amabilidad—. Soy muy conservadora.

No estaba segura de que la paciencia fuese una virtud, pero sabía que era un recurso muy valioso, y pronto comprendió que era más paciente que Alfred Jeffrey.

—Suponga que le dijera que el señor Fernández no es quien usted cree —espetó él.

—Bien podría serlo —contestó ella razonablemente—. Aunque usted no sabe quién creo yo que es él.

—Podría confesarle algo —replicó—. Solo si me da su palabra de no decir de dónde obtuvo la información.

—No puedo prometer nada —dijo ella mirándolo otra vez—. Usted parece muy amable, pero después de todo no lo conozco. Tampoco conozco al señor Fernández, ni a nadie aquí. Soy una extraña. Solo puedo decirle que... —Tomó el vaso de nuevo— Soy muy discreta. No tengo la costumbre de hablar de más.

Él frunció el ceño con un gesto de impaciencia, pero rápidamente supero el impase.

—Solo le pido que no diga de dónde obtuvo esta información.

Esperó, pero no escuchó ninguna garantía.

—¡Está bien! —dijo—. Confiaré en usted de todos modos. Hay un cuadro en la suite de nuestro señor Fernández. Una imagen muy, muy dulce de una jovencita vestida de blanco con una paloma en la muñeca. Creo que se llama *La inocencia* o quizás sea *La pureza;* no recuerdo bien. En fin. Si mueve ese cuadro, verá algo interesante detrás.

—¿Un panel secreto? —preguntó ella.

—Un agujero de bala —dijo él.

La señorita Peterson no respondió nada.

—Y es un agujero que no estaba ahí ayer. El cuadro se movió para ocultarlo.

—¡Qué dramático! —exclamó la señorita Peterson.

—Se llevaron a Cecily a la cárcel, pues tengo entendido que ha «confesado», y nuestro señor Fernández la dejó ir sin siquiera molestarse en mencionar ese agujero de bala a la policía.

—Señor Jeffrey —dijo la señorita Peterson—. ¿Por qué no se lo cuenta usted todo a la policía?

Él miró al suelo.

—Bueno. Verá —dijo—, sería muy incómodo para mí. No tengo ninguna razón legítima para haber entrado en su suite con una llave maestra. Me pone en una muy mala posición.

—¿No pasaría lo mismo conmigo? —preguntó ella.

—Pensé —dijo él— que con Barley fuera de escena sería muy natural que mañana usted revoloteara por allí, haciendo alguna de las tareas propias del ama de llave; entrando en las habitaciones y todo eso. Luego, podría ver un cuadro torcido e ir a enderezarlo, y entonces haría semejante descubrimiento.

—¿Por qué? —preguntó ella.

—¿Que por qué? —repitió él sorprendido—. Porque yo quiero que... bueno, me refiero a que usted quiere que la policía lo sepa, ¿verdad?

—¿Para qué? —volvió a preguntar.

Él se quedó desconcertado.

—Bueno —dijo—, porque podría ayudar a Cecily, ¿sabe?

—¡Oh! Usted cree que es inocente, ¿verdad? —se apresuró a decir la señorita Peterson.

—¡Sé a ciencia cierta que es inocente! —exclamó él, dejando atrás su burlona indiferencia—. Y sé también que Fernández es el culpable. Él es un demonio. Él...

Tocaron a la puerta y el señor Fernández entró sonriente.

—Conque aquí está, señorita Peterson —dijo—. La he estado buscando por todas partes. Perdón por interrumpirla, pero quisiera comentarle algunos asuntos de negocios. —Entró y miró directamente a Jeffrey—. A propósito —soltó—, sucedió algo curioso. Extremadamente curioso.

Él y Jeffrey se quedaron frente a frente, y la señorita Peterson recordó de inmediato una corrida de toros que había visto, justo en el momento en que el toro y el matador se enfrentan. Alfred Jeffrey podía ser el matador, era delgado y cauteloso, y el señor Fernández, un toro joven y vigoroso, adornado con flores. Recordó que, en aquella corrida, el toro había matado al matador; como a veces sucede.

—Encontré esto —dijo el señor Fernández sacando algo de su bolsillo.

Era un pasaporte que extendió sobre su mano larga y estrecha. Jeffrey se levantó lentamente, con los ojos muy fijos en el señor Fernández. Parecía que le costaba mucho bajar la mirada y ver el pasaporte. Cuando lo hizo, su rostro se puso tan blanco como el papel, se echó para atrás y tuvo que apoyar su mano sobre la mesa para no caerse.

—Encontré esto —repitió el señor Fernández—. Qué curioso, ¿no? —Miró a la señorita Peterson—. ¿Nos disculpa un momento, mi querida señorita? —dijo—. Hay un asuntillo que debemos discutir... —Y sostuvo amable la puerta abierta mientras ella salía de la oficina.

OCHO

Se alegró enormemente de poder subir a su habitación. Estaba cansada, se sentía infeliz, con esa indefinible y pesada opresión aún sobre ella. Aunque sucedieron cosas muy malas, presentía que lo peor estaba por venir.

Parte de ese terrible presentimiento era pura superstición; lo sabía. Pero otra parte era lógica y sentido común. Tenían que ocurrir cosas como consecuencia de la muerte del hombrecito calvo. Tenían que ocurrir otras como consecuencia de la extraña recaída de la señora Barley. Y muchas más tenían que ocurrirle a Cecily.

Me caía bien esa muchacha, pensó recostada en la tina caliente. Supongo que es una tonta, pero es del tipo de tontas que me agradan. No es una tonta despistada o presa del pánico. Es una tonta decidida, enérgica, explosiva. Lo que está haciendo probablemente sea un error desastroso, pero, al menos, creo que lo hace a propósito. Sé que bien podría dispararle a un hombre si fuera necesario, pero jamás por la espalda. No, ella no...

Pero entonces... ¿quién lo hizo? No lo sé. El Diablo, seguramente. Sí, el Diablo con una túnica blanca resplandeciente como el fuego. La señora Fish tiene una fotografía del Diablo en su habitación... Pero ella dice que su diablo fue asesinado... Además, está el señor Fredericks y su teoría del encuentro secreto...

Dio un profundo suspiro y deliberadamente dejó de pensar en todo eso. Era algo que podía hacer cuando así lo quería, del mismo modo que podía dormir tranquila y profundamente cuando tenía oportunidad. Salió del baño renovada, con un kimono de seda azul pálido estampado con unas delicadas glicinias malvas. Se sentó en la cama y cepilló su larga cabellera rubia, bostezando y dejando que pequeñas imágenes de encantadoras escenas flotaran en su cabeza: los Alpes nevados, los Andes, la inefable paz de un fiordo noruego. Se hizo dos trenzas y tomó de la cómoda un frasco nuevo de crema fría. Desenroscaba la tapa cuando oyó un golpecito en la puerta.

Se levantó y giró la llave esperando ver a una criada. Pero era el señor Fernández.

—¡Dios! —murmuró él.

—¿Sí, señor Fernández?

—Usted es tan hermosa...

—Muy amable por su parte.

—Bueno... —dijo él suspirando—. Vine a preguntarle si podíamos tener una breve charla. Sé que está cansada, pero me temo que es necesario.

—Estaré lista en cinco minutos. ¿Dónde? ¿En la terraza?

—En mi diminuta suite, si no le incomoda. Si toma el ascensor y le pregunta al muchacho qué puerta...

Ella entendió todo. Él ansiaba que hablara abierta y directamente, y tenía toda la razón. Era la mejor manera de evitar cotilleos.

—Deme cinco minutos, señor Fernández.

—¿Debe recogerse ese hermoso cabello? —preguntó él.

—Creo que sí, ¿no le parece? —respondió ella—. Si subiera en el ascensor así...

—Sí —aceptó con otro suspiro y se marchó.

Se vistió rápidamente, se recogió el cabello y, en muy poco tiempo, tocó a la puerta del señor Fernández. Su sala de estar era preciosa, tenía un sofá tapizado de brocado rosa, lámparas con pantalla de seda, del mismo color, y sobre una mesa observó un cisne de porcelana repleto de rosas. Podría decirse que el ambiente era femenino, pero el señor Fernández no tenía la necesidad del varón anglosajón de poseer una habitación «de macho». Daba por sentado que su masculinidad quedaba bien establecida sin necesidad de pipas, sillones de cuero o perros.

—Tome asiento, mi querida señorita —le dijo.

Ella tenía una vista excelente y tuvo oportunidad de mirar rápidamente las cuatro paredes. No encontró el supuesto cuadro de *La inocencia, La pureza,* o de alguna joven con una paloma. Eso significaba, supuso, que el señor Fernández había escuchado la mayor parte o tal vez toda la conversación entre Jeffrey y ella.

Él dejó abierta la puerta al pasillo, de modo que cualquiera pudiera verlos. A la señorita Peterson en el sofá rosado y a él en un elegante sillón. Y también podían ver a cualquiera que saliera del ascensor. Le ofreció un cigarrillo, ella lo rechazó, pero él sí encendió uno y fumó en silencio por un breve instante.

—Bueno, mi querida señorita —dijo—, voy a poner todas mis cartas sobre la mesa. Seré completamente franco.

La señorita Peterson adoptó el gesto preciso para la ocasión, seria y atenta.

—Estoy en un aprieto —dijo directamente.

—¿Quiere decir que...?

—Quiero decir —contestó— que estoy entre la espada y la pared. Estoy luchando por mi vida.

—¿Su vida?

—Mi querida señorita —le dijo—, tengo muchos enemigos esperando el momento oportuno para hacerme caer. Uno de ellos es Willie Losee.

Le sorprendió en exceso lo incongruente de que un enemigo tan severo se llamara Willie, pero pensó que no era más que una frivolidad.

—¡Qué pena! —se limitó a decir.

—Es muy grave —dijo él—. Pero mientras hay vida, hay esperanza, ¿no? En todo caso, no pienso caer sin ofrecer resistencia, téngalo por seguro. He estado en aprietos antes y he salido de ellos. Solo se necesitan dos cosas: valor y un amigo fiel.

—Estoy segura de que usted tiene muchos amigos, señor Fernández.

—Oh, claro —respondió—. Hay personas que harían cualquier cosa por mí... cualquier cosa. Pero, por desgracia, son muy estúpidas. Lo que necesito es alguien leal e inteligente.

Y cree que esa soy yo, pensó la señorita Peterson. Bueno, me temo que mi lealtad no es muy elevada en este momento.

—Pongo todas mis cartas sobre la mesa —continuó—. He invertido mucho dinero en este hotel y, en este momento, tengo más compromisos en otros lugares. —Hizo una pausa—. Unos muy buenos amigos míos están involucrados en un pequeño negocio en Venezuela. No tiene sentido entrar en detalles; es de tintes políticos. En fin, les he prestado mucho dinero. Así que, por ahora, estoy... en apuros económicos. Solo hasta que mi hotel marche bien. Por esa razón, adelantaré la fecha de la inauguración y de la gala. Tendrán lugar este sábado por la noche.

—¿Este sábado?

—Acabo de llamar a los periódicos y Jeffrey está mecanografiando un pequeño aviso para los huéspedes. Deberíamos ser capaces de reunir una buena cantidad de gente local, en el peor de los casos. Además, uno de los buques de la naviera Marqués llegará también.

Esto no es asunto mío, se dijo la señorita Peterson; y probablemente tenía razón.

—¿Está pensando en el desagradable suceso de esta noche? —preguntó él—. Justamente por eso, mi querida señorita, es que tengo que contrarrestarlo. No hay nada más importante para un hotel que su fama. Lo que ocurrió ha creado muy mal ambiente, uno muy sombrío y debo mitigarlo de inmediato.

—Pero... señor Fernández, ¿y si juzgan a Cecily por ese tiroteo?

—¿Y? —contestó él.

—¿No cree que eso podría estropear la inauguración y la gala?

—No —dijo él—. En primer lugar, no creo que lleguemos a tanto. La policía investigará y encontrará que no hay absolutamente ninguna prueba contra la muchacha, salvo, por supuesto, su propia confesión histérica. Ni siquiera puede contar una historia coherente sobre lo sucedido.

—Su historia fue mucho más coherente cuando la oímos por primera vez, ¿verdad? —comentó la señorita Peterson.

Él encendió otro cigarrillo.

—¿La historia de encontrar al hombre aquí? —contestó—. Imposible. Le pedí que no lo afirmara delante de Losee a menos que estuviera segura y, cuando lo consideró bien, se dio cuenta de que no lo estaba del todo.

La señorita Peterson no se enfadaba con facilidad, pero comenzaba a hacerlo.

—Si Cecily le hubiera dicho eso a Losee —dijo—, imagino que no estaría ahora en la cárcel.

—¿Quién cree usted que estaría en la cárcel entonces?

—No lo sé —respondió ella—. Pero estoy segura de que Cecily no le pegó un tiro a ese hombre por la espalda.

—Bueno. De eso también estoy seguro —dijo con frialdad.

—¿Y aun así no movería un dedo por ella?

—Mi querida señorita —dijo él—, soy realista. Esa muchacha no va a morirse por pasar un tiempo en prisión. Yo tengo otras cosas en las que pensar. La señora Barley está muy grave, ¿lo sabe?

—¿Muy grave?

—Sí. Está en el hospital. Suicidio, indudablemente.

—¿Seguro? —preguntó la señorita Peterson.

—Sin duda. Ha tenido tendencias suicidas desde hace algún tiempo. Hay gente que puede atestiguarlo. Tengo una idea muy clara de lo que ocurrió. Ay; la pobre mujer vio al merodeador, la tormenta la tenía alterada y además había estado bebiendo. Lo vio y llamó a la policía y, entonces, comenzó a revivir su experiencia anterior con la policía, cuando su pequeño hotel se incendió. Es fácil de entender, ¿no? Pasa por su mente: «me van a interrogar otra vez», y está deprimida, nerviosa; siente que no puede enfrentarse a algo así, por lo que toma una dosis de veneno.

—¡Oh! ¿Fue veneno? —preguntó ella.

—¿Quién sabe? —respondió el señor Fernández.

—Me pregunto de dónde sacó ese veneno...

—Tal vez nunca lo sepamos —dijo brevemente—. Esperemos que la policía no llegue a una conclusión equivocada.

—¿Por ejemplo?

Ella lo miró y él le sostuvo la mirada. Su rostro tenía aquel aspecto pesado, con sus ojos negros más opacos y los surcos de la nariz a la boca mucho más marcados.

—¿Conoce los pecaríes? —dijo—. Pueden derribar a un jaguar. Me encargaré de que no me pase lo mismo. Haré que mi hotel no se vea afectado por la calumnia y la malicia. Seré franco con usted; sé lo que Jeffrey le dijo. Sé exactamente lo que piensa él de mí. También sé cómo mantenerlo callado. ¿Sabe lo que le mostré? Se lo diré. Un pasaporte que encontré en el corredor... el pasaporte del hombre asesinado. Bueno, ¿sabe cuál era su nombre? Se lo diré también. El nombre de ese hombre muerto era Alfred Jeffrey.

La señorita Peterson levantó la mirada sobresaltada.

—Tendrá que decírselo a la policía.

—No tengo que hacerlo, mi querida señorita.

—Entonces... ¿Supone que lo haré yo?

—No puede —dijo él—. Usted jamás lo ha visto. Todo lo que tengo que hacer es negar que poseo dicho pasaporte.

—Se está arriesgando mucho, señor Fernández, al ocultar pruebas de ese calibre.

—He corrido riesgos peores en mi vida, mi querida señorita. Correré los que haga falta para evitar que me arrastren los pecaríes.

—Señor Fernández —dijo ella—, ¿por qué me cuenta esto?

—Porque espero que me apoye —contestó él.

—¿Engañando a la policía? ¿Saltándose la ley? ¿Dejando que esa muchacha sufra por algo que nunca hizo?

—La muchacha se echó la culpa encima... Y en cualquier caso, no la ahorcarán por eso.

—¿Y qué le hace creer que yo me arriesgaría a tener problemas con la policía?

—Por esta razón —dijo él—. Porque creo que a usted le gusta más un jaguar que una manada de pecaríes.

Ella apartó la mirada. Estaba más impresionada de lo que quería demostrar. Era muy cierto, ella prefería los jaguares a los pecaríes.

—Cecily no es un pecarí —dijo.

—Pues escogió correr con ellos —replicó él.

—Me parece a mí —dijo mirándolo de nuevo—, que Cecily le ha sido excesivamente fiel a usted, señor Fernández.

—¡Oh! ¿Cree que hizo todo esto por mí? —preguntó con una sonrisita—. Me temo que se equivoca, mi querida señorita.

—¿Entonces por qué lo hizo?

—Creo que lo sé —dijo—. Pero de una cosa estoy muy seguro. El motivo no fue... amor.

—¿Podría darme un cigarrillo? —pidió la señorita Peterson tras un instante.

Él se levantó de un salto con una galantería algo exagerada. Le dio uno y se lo encendió también.

—Esa rata de mi recepcionista no volverá a hablar de los «agujeros de bala» —dijo delante de ella—. Sin duda, no quisiera que este pasaporte saliera a la luz. Tiene una fotografía más reciente del señor Alfred Jeffrey... alguien distinto. Si se llegara a encontrar este pasaporte por ahí... ¡Madre mía! Nuestro elegante señor Jeffrey iría a la cárcel media hora después de que la policía lo viera. Luego, lo deportarían... y él no quiere eso.

—Da usted muchas cosas por sentadas —agregó la señorita Peterson—. Dice que está poniendo todas sus cartas sobre la mesa. Pues bien, supongamos que yo no quiero jugar su juego.

—No doy por sentado que vaya a jugarlo —dijo él sin sonreír—. Solo espero que lo haga.

Se apartó y volvió a sentarse en su sillón.

—Creo que mañana hará buen tiempo —comentó.

NUEVE

La señorita Peterson rara vez se dejaba atormentar por la duda o la incertidumbre. Había tenido varios problemas y vivido muchos peligros, pero casi siempre supo qué quería y cómo lograrlo. Sin embargo, ahora no lo sabía y eso la perturbaba, de modo que permaneció despierta durante más de media hora.

No sé qué pensar de don Carlos, se dijo a sí misma. Sinceramente, no lo sé. No sé cuáles son sus límites. No sé lo que ha hecho ni lo que es capaz de hacer. Desde luego no puso todas sus cartas sobre la mesa. Jamás lo haría. Siempre tendría un as bajo la manga, pero, hasta cierto punto, confió en mí.

Bueno, no me gusta mucho que me confíen secretos ilegales. Si guardo silencio sobre el posible agujero de bala o sobre el pasaporte del fallecido, seré cómplice. Aunque, ¿cómplice de qué? El hombre ya está muerto y la señora Barley gravemente delicada.

Don Carlos tuvo los medios y la oportunidad para cometer ambos crímenes. Y es fácil ver también sus supuestos motivos; quiere salvar su precioso hotel. La cuestión es si sería capaz o no de cometer un asesinato a sangre fría. Y esa es la pregunta que no puedo responder.

Tal vez sea una tonta, pensó inquieta en la cama. Quizás lo más sensato sea ir a hablar con Losee y explicarle todo. Todo. Todo lo que he visto, que no es mucho, y todo lo que he escuchado, que es bastante. Desde luego, ese es el camino más razonable y las consecuencias no son de mi incumbencia.

Pero, supongamos que don Carlos no ha cometido ningún acto grave o criminal, ¿contribuiría yo a desprestigiar su hotel? No me apetece mucho ser un pecarí. ¿Y si mi franqueza empeora la situación de Cecily?

Fernández dijo que el motivo no era amor. ¿Entonces qué? ¿Odio? ¿Celos? ¿Qué clase de odio puede llevar a una joven a confesar un crimen que no cometió? Porque ella no mató a ese hombre. Estoy segura. Le dispararon por la espalda y ocurrió en la habitación del señor Fernández... y él no niega que haya un agujero de bala en la pared.

La lluvia cesó. La brisa era suave y constante, y las estrellas podían verse en el cielo. Tuvimos suerte, pensó. Pero las palabras resonaron en su mente. ¿Suerte? No para el pobre hombre calvo; ni para la señora Barley; ni para Cecily. La tormenta había pasado, pero dejó un rastro de ruina a su paso.

¡Duérmete ya!, se dijo molesta y, al cabo de un rato, lo hizo.

La mañana estuvo mejor con el sol arriba. El oleaje seguía alto. Desde su ventana vio las gigantescas olas romper contra el arrecife y, aun así, avanzar con fuerza hasta la playa en una marea indomable. Se levantó, se puso su traje de baño, una bata de felpa y bajó a la arena.

Entró en el mar y nadó. Era una excelente nadadora, pero esa mañana prefirió quedarse cerca de la orilla, pues era un terreno desconocido. Podría haber una corriente rápida, o quizá un tiburón o una barracuda que traspasara los arrecifes.

Salió y se sentó al sol. No había un alma en toda la playa. Las gaviotas chillaban, graznaban y se lanzaban en picado, y ella vio pedazos de madera que empezaban a llegar poco a poco, grandes listones que la hicieron entrecerrar los ojos para verlos mejor. No se veía nada bien. Esos tablones desgastados parecían los de alguna pequeña embarcación... quizá un bote salvavidas...

—Anoche se registraron muchos destrozos —dijo una voz a su espalda.

Ella levantó la mirada y vio al superintendente Losee, pero no se movió, permaneció allí con su bañador azul oscuro, su gorro negro de goma y las manos en las rodillas. Él se desplazó hasta quedar frente a ella, delgado y sombrío, con su uniforme y su casco blanco.

—Este caso —comentó— me recuerda a otros que manejé antes en la India. Casos de nativos.

—¿Ah, sí? —intervino ella con educada atención.

—Sí —respondió él—. Una extraordinaria cantidad de evasivas y de perjurio descarado. Soy perfectamente consciente de todo, ¿sabe? De que no he recibido ni una sola declaración completa y honesta de ningún involucrado.

—¿Ah, no? —contestó bastante sorprendida.

—Aún no —le dijo él—. Sin embargo...

Hubo un silencio.

—¿La señora Barley está mejor? —preguntó la señorita Peterson.

—La señora Barley murió anoche —contestó él con palabras tan letales como balas.

La señorita Peterson no era dada al sentimentalismo y no pudo fingir una emoción exagerada por la muerte de la señora Barley. Sin embargo, se estremeció al escuchar la noticia en esa dulce y soleada mañana. De repente se hizo real lo que había creído una pesadilla. Guardó silencio recordando a la señora Barley en su habitación oscura y desordenada, esforzándose por hablar, por entrar en contacto con la última criatura humana a la que iba a reconocer.

—¿Cree que fue asesinada? —preguntó con esa franqueza demoledora que la caracterizaba.

—Así lo creo —contestó él.

—Sería algo brutal —dijo la señorita Peterson.

—Todo asesinato lo es —comentó el superintendente.

Ambos guardaron silencio de nuevo. El sol resultaba demasiado fuerte para la señorita Peterson, al ser rubia y de piel clara; por lo que se levantó.

—Creo que iré a vestirme —dijo.

—Por supuesto —respondió él—. A propósito...

—¿Sí, superintendente?

—¿Le gustaría visitar a la señorita Wilmot? —preguntó.

—Claro que sí.

—Creo que sería buena idea —dijo él—. ¿Podría estar lista en media hora?

La señorita Peterson se vistió deprisa, aunque con gran meticulosidad; llevaba un vestido de lino negro con cuello blanco. Luego se apresuró a bajar al comedor y pidió un desayuno sustancioso. Aún era temprano, la sala estaba desierta, y se alegró por ello.

Estaba apurando la última gota de café cuando Losee apareció en la puerta y ella se levantó de inmediato.

—Exactamente a tiempo —observó él, y ella creyó ver un leve destello de aprobación en sus severos ojos.

El superintendente tenía listo un pequeño coche afuera, que él mismo conducía, y partieron lentamente.

—La investigación del forense se llevará a cabo esta tarde a las dos y media —dijo—. Puede que sea citada, señorita Peterson.

Pasaron junto a una plantación de banano, y las hojas de las plantas estaban hechas jirones. Atravesaron campos donde la caña yacía tumbada en el suelo y vieron una casita con una enorme palmera sobre ella. Había cosas extrañas esparcidas por doquier, como una puerta pintada de blanco con un pomo de bronce junto al camino o una cortina de cretona enganchada en un seto. Sin embargo, el cielo estaba de un azul despejado y el mar, más allá de los campos, ardía en un tono zafiro. Toda aquella violencia, todo aquel ruido y furia infernal, desaparecieron por completo. Dos vidas se fueron con la tormenta, fugazmente y para siempre.

—Mencionó usted conseguir un abogado para la jovencita —dijo Losee—. Ella se niega a ver a un abogado.

Propongo, si aún está interesada en ayudarla, que le aconseje decir la verdad.

—Es una gran responsabilidad dar consejos, superintendente.

—¿Incluso un consejo para decir la verdad? —insistió.

—Creo que sí.

—Interrogué anoche a la joven —dijo él—. Sus respuestas fueron sumamente evasivas e inconsistentes. Si comparece ante el tribunal del forense con esa declaración, las consecuencias serán muy graves para ella.

—Pero ¿no son ya graves las consecuencias, diga lo que diga o haga lo que haga?

—Veré al comisionado —respondió él—. Aún no hemos acusado a la joven... Su declaración hace imposible adjudicarle un cargo por homicidio involuntario o uno de homicidio justificado. La única acusación posible, a la luz de su declaración, es el asesinato.

—Aun así —dijo la señorita Peterson, muy cautelosa—, no creo que haya muchas posibilidades de que haya una condena.

—El jurado siempre le da demasiada importancia a la confesión. Además, la joven causa una impresión desfavorable. Es imprudente, desafiante, y queda claro que no dice la verdad. Insiste en que disparó al difunto de frente y el hecho contrario está perfectamente establecido. Él recibió el disparo por la espalda. Pero además hay otras discrepancias. Espero que pueda persuadirla de que haga una declaración completa y veraz.

Bueno, no creo que pueda lograrlo, pensó la señorita Peterson para sus adentros, y en voz alta dijo:

—Podría retractarse por completo de su confesión, ¿verdad? Y declararse inocente.

—Tendrá que declararse inocente si se le acusa de asesinato —dijo él—. Pero si quiere alegar homicidio en defensa propia, tendrá que hacer una declaración sincera y creíble. Y tiene muy poco tiempo.

—Debe tener un abogado.

—La corte le asignará uno, si el jurado del forense la encuentra culpable... —Guardó silencio, seguía conduciendo muy despacio—. Señorita Peterson, quiero darle carta blanca con ella —dijo—. Le dejaré media hora a solas con la muchacha. Puede creerme cuando le digo que no habrá escuchas —y esbozó una sonrisa lúgubre—, ni paneles secretos, ni micrófonos ocultos. Su conversación será absolutamente privada.

—Pero usted espera que le haga un informe completo, ¿verdad?

—En absoluto —dijo él—. Solo espero que logre persuadir a la joven de decir la verdad, nada más.

Giró el coche hacia un camino lateral donde vio cuatro bungalós recién construidos, cada uno con su jardín y su muro. Se detuvo frente al primero. El portón de madera estaba medio arrancado de sus cimientos y una rama frondosa yacía tirada en el sendero, pero por lo demás todo se veía en buen estado y tranquilo.

—¿Esta es la cárcel? —preguntó la señorita Peterson.

—Con la aprobación del comisionado, la joven está detenida bajo la custodia de mi hermana y mía —contestó él—. Solo temporalmente, por supuesto. Después de la investigación, comprenderá...

—Sí, superintendente... ¿Me permitirá llamar a una peluquera?

—¿Una peluquera? —exclamó en tono de disgusto.

—Ya sabe cómo son las cosas —dijo la señorita Peterson, seria y confidencial—. Habrá una gran diferencia si se arregla el cabello antes de presentarse ante el tribunal. Si pudiera arreglarse un poco más... Déjeme conseguir una peluquera para que haga lo necesario...

Él lo meditó, condujo el coche hasta un pequeño caserío y esperó con una paciencia ejemplar mientras ella localizaba a una peluquera y le daba instrucciones. Regresaron al bungaló y, al doblar la esquina, escucharon la *Danza húngara n.º 3* de Brahms, interpretada con gran virtuosismo en un piano muy desafinado.

—¡Dios mío! —exclamó Losee.

Una criada isleña les abrió la puerta y ambos entraron en una salita ordenada y alegre, que parecía vibrar con aquella música. Cecily estaba sentada al piano con su vestido negro, tocando hasta que el superintendente le puso una mano en el hombro.

—Esto no está bien —le dijo.

—¿Acaso es ilegal tocar el piano? —preguntó Cecily.

—A esta hora de la mañana, sí —replicó él—. Aquí está la señorita Peterson, que ha tenido la amabilidad de venir a visitarla.

La joven estaba muy pálida, parecía cansada y algo enferma, con una mirada feroz y hostil en esos ojos claros y extraños.

—No tengo nada que decir —contestó.

—Media hora —dijo él, y se retiró cerrando la puerta.

—¿Quiere un cigarrillo? —le preguntó la señorita Peterson, sentándose y encendiendo uno para ella misma.

—¡Gracias! —dijo Cecily.

—Ha tenido suerte —continuó la señorita Peterson—. Pensé que la encontraría en una celda.

—Preferiría estar en una celda —contestó.

—Usted no sabe cómo son las celdas —comentó la señorita Peterson—. Una vez visité a una mujer en la cárcel, en Bahía... Bueno, aquí estamos, completamente solas. Nadie nos va a escuchar.

—No lo creo —dijo Cecily.

—Créalo, por favor. Y créame también que estoy aquí por amistad y no por ninguna otra razón.

—La gente no es así —espetó Cecily, exhalando humo por su estrecha nariz—. Nadie hace cosas simplemente por ayudar a otro. Cada uno va a lo suyo. Así es la vida.

—¿La ley de la selva? —preguntó la señorita Peterson.

—Así es —afirmó Cecily.

—Nunca he vivido en la selva —dijo la señorita Peterson—. Me he topado con mucha gente muy decente. Incluso he visto a personas morir para salvar a otros. Eso sí lo he visto más de una vez.

—Probablemente —replicó Cecily—, se debió a alguna emergencia.

El tiempo se les escurría, pero era necesario ser paciente con esa gacela salvaje, atraerla poco a poco, tenerla al alcance.

—Claro que —comentó—, pienso que los artistas son personas privilegiadas.

Aquello dio resultado. Notó el sobresalto de la joven y un cierto aire de atención.

—La mayoría de la gente no está de acuerdo con eso —dijo ella.

—Pero yo sí lo creo. El mayor, por ejemplo, quedó muy impresionado con su forma de tocar. Y el superintendente...

—¿Él? —dijo con amargura—. Es el tipo más obtuso e intolerante... Y su hermana no es más que un felpudo para él. Anoche siguió haciéndome preguntas hasta estar casi frenética. No imagina lo que es que le repitan las mismas preguntas una y otra, y otra, y otra vez. Solo trataba de confundirme, de atraparme.

—La atrapará —recalcó la señorita Peterson—. Ese es su trabajo y es bueno en ello.

—Bueno. Que lo haga —respondió Cecily.

—Supongo que cuenta con ser absuelta.

—Desde luego no espero que me ahorquen.

—Eso podría suceder —le advirtió la señorita Peterson—. Pero aun en el mejor de los casos, quedaría en evidencia como una terrible mentirosa.

—Poco me importa.

—Y por supuesto será deportada.

—¿Deportada? —exclamó Cecily.

¡Al fin! Esa fue la palabra precisa.

—Oh, claro —dijo la señorita Peterson—. Eso delo por sentado. Será deportada, expulsada del lugar en el primer barco que ellos elijan.

—No... no quiero ser deportada.

—No la culpo —dijo la señorita Peterson—. Sería bastante humillante.

La muchacha permaneció sentada en la banqueta del piano, sosteniendo el cigarrillo entre sus finos dedos, mirando fijamente al suelo.

—Pero ¿y si me juzgan y salgo absuelta...?

La señorita Peterson negó con la cabeza.

—Igual quedarán todas esas declaraciones falsas y engañosas —dijo—. Además, usted ya se está ganando antipatías. ¿Para qué hace eso? Es una tontería.

—No me importa —replicó Cecily. Frunció el ceño, cerró los ojos con fuerza y cuando los abrió, sus negras pestañas estaban humedecidas—. ¡Escúcheme! —dijo—. Si le doy cierta información, ¿me promete que no seré deportada?

—No puedo prometerle nada.

Hubo un silencio.

—Si cambio mi declaración, ¿me lo prometerá el superintendente?

—No lo sé —dijo la señorita Peterson—. Solo creo que le irá mejor si dice la verdad.

Hubo otro largo silencio.

—No me di cuenta de lo complicado que se volvería todo este maldito asunto —dijo Cecily con la voz entrecortada—. Es muy difícil... ¿Cómo sé que ese cabeza dura y testarudo policía me creerá si digo la verdad?

—La verdad suele ser bastante convincente —dijo la señorita Peterson.

Se oyó un golpecito en la puerta y un rostro amable se asomó.

—La peluquera está aquí.

—¡Oh, gracias! —respondió la señorita Peterson—. Si puede esperar unos minutos, por favor.

El rostro amable se retiró y la puerta volvió a cerrarse.

—¿Peluquera? —dijo Cecily, frunciendo el ceño.

—Para usted —contestó la señorita Peterson.

—No quiero una peluquera.

—Si tiene el sentido común que Dios le ha dado a los gansos —comentó la señorita Peterson—, dejará que le saquen ese negro de *henna* del cabello...

—¡No!

—Debe asistir al tribunal natural y delicada, ser cortés y decir la verdad. No tiene otra opción. No le queda mucho tiempo.

—¡No!

—Entonces me iré —dijo la señorita Peterson—. Tengo otras cosas en qué pensar. Por ejemplo, debo ir al funeral de la señora Barley...

—¿Funeral? ¿Qué...?

—¿No sabía lo delicada que estaba?

—No la vi ayer. Ella no me quería, ¿sabe?

—Pues, está muerta —dijo la señorita Peterson levantándose—. Y tengo mucho que hacer. Le deseo mucha suerte. La necesitará.

—¡Espere! —gritó Cecily, y agregó—: por favor, señorita Peterson... Karen, Karen —repitió la muchacha dócilmente.

Quedaron frente a frente y la señorita Peterson sintió una extraña sensación casi de pánico. No sé si quiero oírlo..., pensó.

—Yo no le disparé a ese hombre —confesó Cecily—. Ya estaba muerto cuando lo encontré. Solo disparé al aire. Esa es la verdad. Todo lo demás es mentira. No hubo ningún forcejeo. Solo lo encontré ahí tirado, muerto.

—¿Tirado dónde? —preguntó la señorita Peterson.

Cecily tardó en responder.

—No lo recuerdo —dijo fríamente—. Pero yo no lo maté. Estoy dispuesta a confesárselo todo al superintendente.

La señorita Peterson se quedó inmóvil.

¡Oh, don Carlos!, pensó. Me sabe un poco mal por usted...

DIEZ

La señorita Peterson salió al pasillo y en el pequeño comedor de enfrente vio a la amable señorita Losee conversando con la peluquera, una mujer de rostro extrañamente radiante y sonrosado, y un elaborado peinado de rizos blancos.

—¿Podría hablar con el superintendente...? —preguntó.

—¡Oh, por supuesto! —contestó la simpática señorita Losee levantándose de un salto. Salió del comedor y la señorita Peterson oyó su voz clara:

—William, la señorita Peterson quiere verte.

Él salió de inmediato al pasillo y pareció en cierto modo distinto, tal vez porque llevaba una pipa en la mano o quizás porque estaba en su propia casa; lo cual, a menudo, cambia mucho a las personas.

—Creo que la señorita Wilmot tiene algo que decirle —dijo la señorita Peterson.

Él la miró y sonrió dejando entrever una actitud astuta y algo desagradable.

—Por supuesto —respondió.

—¿Quiere que espere?

—¡No se tome la molestia! Mi hermana la llevará de vuelta al hotel. Le agradezco por todo.

Ella vaciló; odiaba irse, pero sabía lo inútil que era quedarse.

—Muchas gracias —repitió él, antes de marcharse.

La señorita Losee le habló amablemente durante todo el camino de regreso. Era una mujer fresca y vivaz, de unos treinta y cinco años, vestida con un traje de algodón marrón. Viajaba por todo el mundo, siempre junto a su hermano; y en todos los lugares intentaba tomar té a las cuatro, además de conseguir alguna mascota, mamífero o ave. Incluso le habló de algunas de ellas.

El Hotel Fernández se veía bellísimo, deslumbrantemente blanco y con la playa y el mar azul visibles detrás. El camino de entrada estaba bordeado de palmeras, encontró las mesas dispuestas en el césped bajo sombrillas a rayas y brillantes cojines en las sillas de la terraza.

Siento un poco de lástima por don Carlos... bueno, en cierto modo, se dijo la señorita Peterson.

—Muchas gracias, señorita Losee —dijo.

—Oh, de nada. Fue una charla tan agradable —respondió la señorita Losee, y se marchó conduciendo.

El vestíbulo estaba vacío, salvo por el *soi-disant* Alfred Jeffrey detrás del mostrador. Él levantó la mirada hacia ella con su sonrisa melancólica.

—La vi salir con el superintendente —dijo—. Pensé que la estaban arrestando.

—Aún no —respondió la señorita Peterson alejándose.

—¿Cecily...? —dijo él con una pequeña sacudida—. ¿Usted... tiene alguna noticia de ella?

—Bueno... la vi —comentó la señorita Peterson—. Parece estar bien.

—¿Le dejó algún mensaje para mí? —preguntó de nuevo con un evidente interés.

—Lo lamento, pero no —respondió ella.

Él se inclinó sobre el mostrador y bajó la voz.

—¿Le mencionó el agujero de bala a Losee? —insistió.

La señorita Peterson lo miró pensativa.

—Podría ayudar a Cecily —agregó él.

—No lo veo tan claro —respondió la señorita Peterson.

—Por lo menos ayudaría para que nuestro señor Fernández —dijo— vaya a la cárcel.

—¿Eso es lo que quiere? —preguntó.

—Sí. Si es que no puedo verlo en el infierno... —contestó Jeffrey en voz baja.

—Le aconsejo que tenga cuidado —le advirtió la señorita Peterson dirigiéndose al ascensor.

Howard pareció contento de verla.

—¡Señorita! —exclamó con alegría—. La señora Fish quiere verla y la señora Boucher también.

—Subiré de inmediato a ver a la señora Boucher, gracias —dijo la señorita Peterson, pues le había tomado cariño a aquella anciana tan resulta. Sería un alivio, pensó, ver a alguien tan agradablemente libre de viles emociones.

La anciana permanecía en la cama con una bandeja de desayuno al lado. Vestía una chaquetilla blanca de punto y encajes, y el cabello lo tenía bien arreglado. Estaba sentada contra los almohadones y escribía cartas sobre una mesita.

—¡Buenos días! —dijo—. ¿Qué son esas tonterías que escuchado sobre la señora Barley?

—Enfermó...

—¿Y cuál es el nombre de esa enfermedad, si es tan amable? —exigió la anciana.

—No sabría decirle.

—¿No lo sabe? Pues yo tal vez sí lo sepa —dijo la anciana—. Pobre alma. Es un pecado y una vergüenza que un joven instigue y provoque tanto a una mujer tan desgraciada, sobre todo cuando es lo bastante mayor como para ser su madre.

—¿A qué se refiere? —preguntó la señorita Peterson sentándose en el brazo de un sillón.

—Ese joven Jeffrey le llevó licor —dijo la señora Boucher—. Yo misma lo vi hace una semana, más o menos, cuando estaba en ese piso. Lo vi con mis propios ojos abrir su puerta con la llave maestra y meter una gran botella de ginebra. Un pecado y una vergüenza.

—Sí —afirmó la señorita Peterson.

—¡Pero dígame, hija mía! ¿Cómo está esa pobre mujer?

—Me temo que es algo muy grave.

—Quiere decir que está muerta, ¿cierto? —preguntó la anciana con seriedad. Cuánto lo lamento...

Hubo un pequeño silencio.

—¡Bueno! Habré de ir a su funeral —dijo la señora Boucher—. Y le enviaré flores. Ay; tenía esa terrible debilidad, pero era una buena mujer. Y fue absolutamente leal a Fernández. Lo cual es más de lo que me atrevería a decir de ese joven Jeffrey. ¡Pobrecita mujer...!

La señorita Peterson se levantó.

—Avíseme con tiempo del funeral, hija mía —dijo la anciana—. Y, por favor, mande a alguien a que se lleve esta bandeja.

La señorita Peterson decidió volver a bajar esas horrorosas escaleras. Quería unos minutos a solas. Necesitaba pensar en ese joven que no era Alfred Jeffrey llevando licor a la señora Barley, a esa señora absolutamente leal al señor Fernández, que había deseado tanto decirle algo...

La escalera estaba perfectamente normal aquel día, igual de estrecha y con cierto hedor húmedo y mohoso, pero para nada siniestra. Se sentó en un escalón y encendió un cigarrillo. Tengo que ver a la señora Fish pronto... y al señor Fernández... y a todos los demás huéspedes. Además, tendré que ir al juicio... pero primero, fumaré un cigarrillo.

Creo que Cecily por fin ha dicho la verdad. Aunque nunca llegué a creer que ella realmente matara a ese hombre. Al auténtico y verdadero Alfred Jeffrey. Lo más lógico es que lo haya asesinado el falso Alfred Jeffrey. Pero ¿por qué en la habitación del señor Fernández? Y si murió allí por accidente, ¿para qué intentar ocultarlo?

Además, ¿cómo llegó el difunto al tercer piso? Tal vez no lo mataron en la habitación del señor Fernández. El agujero de bala bien pudo hacerlo Cecily al disparar al aire. Pero eso significa que ella lo encontró allí, muerto.

Y la señora Barley... Se me hace un nudo en la garganta. No está bien dispararle a un pobre hombre calvo por la espalda, pero quizás fuera un merodeador y anduviera en asuntos turbios. Pero la señora Barley... Fue demoledor. Horrible. Me gustaría saber en verdad quién lo hizo.

¿El falso Alfred Jeffrey? ¿El señor Fernández? ¿O fue alguien más? Ojalá fuera cualquier otro. ¿Qué dice la psicología? ¿Serían capaces Jeffrey o Fernández de asesinar a la señora Barley? Solo Dios lo sabe. Y aparte de Dios, nadie sabe mucho de psicología. Al recorrer el mundo ves a las personas más improbables hacer las cosas más increíbles... *Tout comprendre, c'est tout pardonner...* Pero soy solo una humana y suelo equivocarme. Nunca podría comprender el asesinato de la señora Barley y nunca lo perdonaría.

Aplastó el cigarrillo con el tacón. Y pensó, bueno, nadie me ha pedido que lo comprenda y lo perdone. Tengo trabajo que hacer. ¿Debería ver primero a la señora Fish o asistir al juicio?

Reflexionó un instante y decidió ver primero al señor Fernández. Después de todo, se dijo, es bastante molesto para un hotelero lidiar con dos asesinatos. Inevitablemente supone trabajo extra. Llamó al ascensor y preguntó a Howard dónde podía encontrar al señor Fernández.

—Lo vi en la cocina, señorita, ¿Mando a un muchacho a buscarlo? —Eso resultó innecesario, pues el señor Fernández estaba en el vestíbulo hablando con el señor y la señora Fredericks, fresco como una lechuga, con uno de sus impecables trajes blancos, un pañuelo azul en el bolsillo de la chaqueta, camisa azul y una flor celeste en el ojal. Se acercó a la señorita Peterson caminando ligero y seguro con níveo calzado.

—Si es tan amable de pasar a mi oficina... —dijo—. Tenemos un asunto del que hablar, ¿no? —Se sentó en el borde del escritorio—. ¡Vaya lío! Dos investigaciones judiciales.

—¿Dos?

—¡Ah, sí! Comenzó una investigación por la muerte de la señora Barley esta tarde. Justo una después de la otra. Y mañana por la mañana, su funeral. Qué triste. Pero, *c'est la vie*... Después, tenemos que prepararnos para el sábado.

—¿No seguirá pensando en la inauguración y la gala, verdad?

Él sonrió.

—Mi querida señorita —dijo—, necesito esa inauguración más que nada. Y la tendré.

—¿Con dos asesinatos en el hotel?

—Antes de que termine el día —dijo él—, espero que se acabe con esos chismorreos sobre «asesinatos». La muerte de la señora Barley no lo fue. Era alcohólica, pobre mujer, y lo mezcló con alguna medicina sin saber muy bien lo que hacía. En cuanto al hombre que apareció muerto de un disparo, bueno... Cecily le disparó en defensa propia.

—Suponga... —empezó la señorita Peterson lentamente—, que ella lo niega.

—Espero que no lo haga —replicó él—, por su propio bien.

—¿Qué quiere decir?

—Señorita Peterson —contestó con cierta formalidad—, cuando me atacan, sé cómo defenderme. Esa muchacha hizo aquella declaración por voluntad propia. Pudo haberse callado y no quedar implicada, pero no quiso. Ella solita habló hasta quedar tras las rejas y ese es el mejor lugar en el que podría estar ahora mismo.

—Señor Fernández, cuando me llamen a declarar en el juicio, puede que me pregunten qué fue lo primero que dijo Cecily delante de nosotros...

—¿Y?

—¿Acaso lo olvida? Nos dijo que encontró al fallecido en su habitación.

—¿Le dirá eso al forense?

—Claro que sí —dijo ella.

Él guardó silencio un minuto, de pie frente a ella, mirando al suelo.

—Qué lástima —dijo finalmente levantando la vista—. Esperaba tener una aliada. Pero haga lo que mejor le parezca, mi querida señorita.

Cruzó la habitación y le sostuvo la puerta para que saliera. Ella se levantó despacio con una curiosa desgana, y al pasar a su lado lo miró y sus ojos se encontraron.

—Yo también lo lamento —dijo, y salió pasando junto a la recepción hacia el ascensor.

—¡Dios mío! —oyó decir al señor Fernández, y al girarse vio a Cecily de pie en la entrada del salón.

Cecily lucía una cabellera dorada y pálida que la transformaba milagrosamente. Sus ojos aguamarina ya no parecían tan extraños como cuando las oscuras cejas los enmarcaban. Parecía más joven, parecía irreal.

—¡Santo cielo! —exclamó la vieja señora Green desde un rincón—. ¿Qué demonios te has hecho? Peróxido, supongo.

—No. Este es mi cabello natural —dijo Cecily.

El señor Fernández le hizo un gesto y ella cruzó el salón hacia su despacho. La señorita Peterson retrocedió y se unió a ellos. Él cerró la puerta, y se quedó mirando a la muchacha con sus espesas cejas negras levantadas y la mandíbula prominente hacia afuera.

—Conque aquí está, ¿no? —dijo.

—El superintendente Losee me dejó salir —respondió ella—. Dije la verdad.

La muchacha habló con la misma franqueza de siempre sin sonreír, pero el efecto era completamente diferente. Parecía ahora una joven realmente seria.

—La verdad... —repitió el señor Fernández. Su rostro moreno se volvió un poco pálido, pero sonrió, mostrando sus finos dientes blanquecinos y encogiendo sus hombros.

—Le dije que el hombre estaba muerto cuando lo encontré —seguró Cecily—. Aunque no le revelé en qué habitación. Le prometí que no lo haría y no lo haré.

Al señor Fernández le entró la risa.

—¿Cuál es el chiste? —preguntó ella.

—Me estoy riendo de mí mismo —dijo él, y le extendió la mano—. ¡Bienvenida a casa!

Cecily la apretó de inmediato.

—No se esforzó por ayudarme —le reclamó ella.

—Querida niña, tenía que pensar primero en mi hotel y en mí mismo.

—Sí... —dijo ella.

Lo aceptó todo como algo completamente normal y comprensible. No le guarda rencor. Creo que lo admira, pensó la señorita Peterson. Ella debe gustarle por ser tan hermosa y tan primitivamente egoísta. Seguiría siempre a su lado siendo leal.

Él sacó la flor azul de su ojal y se la puso en su pálido cabello, sujetándola hábilmente sobre la sien con una horquilla.

—¡Preciosa! —dijo.

—¿Le parece? —preguntó Cecily con cierta duda.

—¡Hasta luego! —dijo dichoso, marchándose alegre.

—Cecily —la llamó la señorita Peterson de inmediato—, ¿el superintendente simplemente la dejó marcharse? ¿Así sin más?

—Me creyó —respondió la muchacha.

—Debió haberle preguntado por qué dijo que mató al hombre o por qué dio un tiro al aire, ¿cierto?

—No, no me preguntó nada de eso —repuso Cecily—. Y si lo hubiera hecho, no se lo habría dicho.

—Dígamelo a mí, por favor.

—¡No puedo! —respondió Cecily—. Lo siento. Usted ha sido terriblemente amable conmigo, pero eso es algo de lo que ni siquiera puedo hablar.

—¡Escuche, Cecily! Muchas cosas raras están sucediendo. Usted corre peligro.

—¿De qué?

—De ir a prisión.

—El superintendente me creyó. Honestamente lo hizo.

—Él no la soltaría a menos que tuviera una razón.

—Sí, la razón fue que me creyó. Sabe que yo no maté a aquel hombre.

—¿Qué va a decir en el juicio?

—¿Decir? Lo que ya dije. Que el hombre estaba muerto cuando lo encontré, que recogí el arma y que disparé al aire.

—¿Era su arma? ¿Usted tiene una automática?

Las cejas rectas de la muchacha se fruncieron.

—Por supuesto que no —respondió—. Jamás he tenido un arma.

—Tendrá que conseguir un abogado —dijo la señorita Peterson—. Y deberá hacerlo pronto, antes del juicio.

—Pero ¿por qué?

—Porque Losee no ha terminado con usted. Van a suceder más cosas. Cosas muy malas.

La gacela salvaje estaba alarmada. Debía mantenerse alerta.

—La ayudaré a encontrar un abogado. Mientras tanto, no hable con nadie y, por el amor de Dios, no haga ninguna promesa de contar cosas o de no contarlas. Lo mejor es que...

—¿Aún aquí? —dijo el señor Fernández al regresar—. Creo que deberíamos hacer un pequeño brindis, ¿no? Para celebrar el regreso de Cecily.

—¡Oh, gracias! No puedo —respondió la señorita Peterson—. Debo ver de inmediato a la señora Fish. Ha preguntado por mí.

—Solo es una copita —insistió el señor Fernández—. Por lo que quiera. Por el ganador, ¿no?

Cecily lo miró de reojo, un poco recelosa. Y al fijarse en la jovencita rubia con su flor azul, la señorita Peterson sintió preocupación y bebió el trago apresurada.

—Si me disculpan... —dijo, y los dejó.

Se dirigió deprisa al ascensor para que nadie en el salón pudiera alcanzarla.

Me gustaría disponer de un poco de tiempo sola, pensó. En verdad no puedo decir que esté sobrecargada de trabajo y, de hecho, no sé cuáles son mis funciones, si es que tengo alguna; pero sí debo hablar mucho y eso es algo que jamás me ha gustado. Nunca volveré a ser anfitriona. Eso seguro.

Subió al tercer piso y tocó a la puerta de la señora Fish.

—Entre —dijo su voz apagada y exhausta.

La encontró tendida en su cama completamente vestida y a la elegante y prolija señorita Peterson le pareció una bolsa de trapos cubiertos por un ligero atuendo negro y blanco, con unas desaliñadas sandalias claras y un cabello oscuro y alborotado organizado en un intento de moño en la nuca.

—Quisiera que me diera un poco más de esa medicina de ayer —dijo—. Me encuentro muy mal. Me duele otra vez el diente.

—¿No cree que sería mejor ver a un dentista?

—Me siento demasiado nerviosa —dijo la señora Fish.

La señorita Peterson bajó a su cuarto y preparó otra dosis de aspirina y bicarbonato de sodio, más una pastilla para la tos, y se la llevó a la señora Fish.

—Quisiera que se quedara a almorzar aquí conmigo —le dijo la señora Fish—. Me siento tan nerviosa y miserable.

—Me encantaría, señora Fish, pero tengo tanto por hacer.

—Bueno, entonces tómese una taza de té conmigo mientras como.

La señorita Peterson prefería el café y pidió una taza para ella cuando llamó al servicio para encargar un almuerzo ligero para la señora Fish.

—La comida es muy buena aquí —dijo la señora Fish—. Es un hotel muy agradable. Me divertiría mucho si no estuviera tan preocupada.

—No debe preocuparse tanto, señora Fish.

—¿Cree que podría, tal vez, masajearme un poco la cabeza? Aquí, en el lado derecho.

La señorita Peterson masajeó la cabeza y el cuello de la señora Fish con destreza; y la lánguida señora Fish se volvió aún más lánguida, relajada y con los ojos cerrados, hasta que llegó el almuerzo.

—Me siento mejor —comentó—. Pero tuve unas pesadillas terribles toda la noche. ¿Usted sabe interpretar sueños?

—Me temo que no —dijo la señorita Peterson sirviéndose la taza de café.

—Soñé que intentaba alejarme de alguien y que me hundía en arenas movedizas. ¿Significará algo?

—No lo creo, señora Fish —contestó la señorita Peterson.

—Cada vez que he tenido ese sueño antes, ha ocurrido algo espantoso —confesó la señora Fish.

—Si pudiera salir al sol y tomar aire fresco, señora Fish...

—Sí, a lo mejor eso me ayudaría. Sí... —dijo la señora Fish—. ¿Le importaría abrir ese cajoncito de la derecha, señorita Peterson y sacar un sobre grande marrón?

La señorita Peterson miró en el cajón; un batiburrillo de medias, aretes, cartas, collares, bufandas; era asombroso que alguien pudiera causar semejante desorden en tan pocas horas.

—No veo ningún sobre grande, señora Fish.

—Entonces quizá esté en el otro cajón, señorita Peterson.

Lo estaba. Un gran sobre de manila dirigido con lápiz a la señorita Peterson.

—Quisiera que se quedara con eso, por favor —dijo la señora Fish—. En caso de que me pase algo...

—No debe pensar en cosas así, señora Fish.

—¿Había algo en esa medicina que pudiera hacerme sentir rara, señorita Peterson?

—Nada. Usted solo está cansada, señora Fish. Descanse un poco y luego tome aire fresco.

—El aire no parece muy fresco aquí, ¿cierto?

—Encenderé el ventilador.

—Oh, no, no, gracias. Creo que dormiré una pequeña siesta, señorita Peterson. Usted siempre me ayuda tanto... no se olvide del sobre.

La señorita Peterson llamó al ascensor y Howard traía un mensaje para ella de parte de la mujer encargada del cuarto de lavandería.

La lavandería quedaba en el segundo piso. Se dirigió allí y la abrumó el torrente de preguntas sobre la ropa con que la apabullaron. Algunas sobre un fardo de toallas turcas que se debían confeccionar, otras sobre toallas de baño, cortinas o el jabón nuevo... Eran asuntos sobre los que poco o nada sabía, pero resultaba evidente que la muerte de la señora Barley había causado un brote de pánico y ella intentó hacer lo mejor que pudo.

—Ustedes entienden más de estas cosas —dijo—. Tendremos que resolverlas todas juntas.

Habló con una costurera y una criada histéricas. Habló y habló, hasta que, finalmente, las dejó más calmadas.

Luego caminó por el pasillo y, doblando la esquina, fue hasta su habitación. Pidió que le enviaran allí el almuerzo, pues estaba harta y cansada de hablar, y porque se sentía extrañamente somnolienta.

Descansaré unos minutos, pensó; porque quiero estar en forma para el juicio en caso de que me llamen a declarar. Descansaré, pero no dormiré. Solo me sentaré aquí cómodamente y fumaré un cigarrillo. El cigarrillo me sabe un poco raro... Encenderé el ventilador. Solo un momento. Hace mucho calor aquí... Tengo mucho sueño, pero no voy a dormirme...

Si te sientes mareada, inclínate hacia adelante con la cabeza entre las rodillas. Si te sientes adormecida, levántate... Levántate y camina, Karen. Pide un café negro... Eso es... ¡Levántate!, se decía ella a sí misma.

¿Te hundirás en las arenas movedizas...? ¡Levántate! ¡Levántate! ¡Muévete! Pide un café intenso. «¿Sí? Por favor, me sube un café expreso...». No, eso no servirá a menos que cojas el teléfono. Nadie te oye. Te hundes... Te hundes... Por favor...

ONCE

Un chirrido, un estruendo, la vela cae... Pero no hay brisa, pensaba ella mareada. Sentía mucho calor. Estaba bañada en sudor, su cabello húmedo pegado a la frente, y sus párpados pegados también. Era insoportablemente caluroso...

Entonces, sintió un zumbido y una ráfaga de brisa dio de lleno en su rostro y suspiró.

—Mi querida señorita... ¿Se siente mejor?

—Es... ¿Usted? —dijo ella con cierta dificultad, pues su lengua se sentía pesada.

—Tengo aquí un poco de café caliente...

¿Más café caliente?, pensó. La señora Barley tenía café caliente... Yo tomé café en el cuarto de la señora Fish... Estoy harta del café caliente.

Las almohadas se movían, empujando implacables su pesada cabeza. Abrió los ojos y miró hacia arriba, vio al señor Fernández en la penumbra. Él sostenía una taza contra sus labios.

—No... —dijo ella.

El doctor Tinker dijo que...

—No, gracias.

La abrumadora somnolencia se estaba disipando, pero ella quería que se quedara. Quería volver a dormirse y no luchar. Pero algo rumiaba en su mente. «Levántate... Levántate...». Las persianas estaban cerradas, pero a través de ellas vio el resplandor ardiente del sol. Eso no estaba bien...

—¡Por favor! —dijo el señor Fernández, arrodillado a su lado, sosteniendo la taza contra sus labios.

—¡No! —dijo ella.

Por las rendijas de la persiana, el sol ardía como fuego y eso le pareció mal. ¿Pero por qué?

—¿Qué hora es? —preguntó de repente.

—Son... déjeme ver... las cuatro y veinte —dijo el señor Fernández.

Todo encajó de inmediato. Ella lo miró directamente a la cara.

—Dormí mucho tiempo —dijo con dificultad

—Muchísimo tiempo —concordó él—. Estaba preocupado. La llamé por teléfono antes de declarar en el juicio. No hubo respuesta. Subí y toqué a la puerta. No hubo respuesta. El doctor Tinker estuvo aquí y le abrí. Dijo que usted ingirió una alta dosis de su medicina.

—¿Qué medicina?

Él se levantó, fue directo a la cómoda y tomó un frasquito que trajo. Llevaba la etiqueta de una farmacia de Puerto España y en ella decía: «Srta. K. Peterson. Dosis: una cucharadita cuando sea necesario. Doctor... garabato, garabato, garabato, garabato». Era paregórico.

—Tinker dijo que probablemente había tomado de más. Nada grave, concluyó, pero suficiente para dejarla dormida. No se preocupe, Losee me comentó que su testimonio no era esencial...

—Sí... Ya veo... —respondió la señorita Peterson pensativa—. Entonces todo está de maravilla.

—¿Le molestaría que fume? —preguntó él.

—En absoluto. Yo también querría uno, por favor.

Él le encendió uno y luego se sentó cerca de la ventana con esas franjas ardientes de sol que entraban a través de las persianas, detrás de su oscura cabeza, formando un halo infernal a su alrededor. Curiosamente, estaba callado, sin rastro de su exuberancia natural.

—¿Y el juicio? —preguntó ella.

—Nada —respondió él—. Nada que decir. Mi cocinero identificó al muerto.

—Su cocinero es un empleado muy servicial, por lo visto —dijo la señorita Peterson.

—Por supuesto —dijo él—. Bueno, la policía pidió un aplazamiento de una semana y fue concedido.

—¿Y Cecily?

—Tampoco nada que decir.

—¿No se mencionó su confesión?

—No. Ella estuvo ahí, fue muy honesta, muy franca, y dijo que había encontrado el cuerpo en una habitación vacía. El forense le hizo algunas preguntas, no muchas. Ella dijo que no recodaba en qué habitación lo encontró y eso fue todo.

—¿Así que todavía lo defiende?

—¿Se refiere a que no le dice a Losee dónde encontró el muerto?

—¿Lo acepta? —preguntó ella presurosa.

Él rio.

—¿Quiere atraparme? Usted es como la Portia de Shakespeare.

Lo pronunció «Por-tia». Era la primera vez que lo escuchaba pronunciar mal una palabra.

—Lo admito solo ante usted. También admito que lo saqué de ahí. Era un hombre pequeño, y yo... —dijo el señor Fernández con una franqueza soberbia—, soy extremadamente fuerte. Primero me puse mi impermeable blanco por si acaso hubiera, no quiero alterarla, algunas manchas de sangre, ya sabe.

—¡Oh! —exclamó ella—, conque usted es el Diablo que vieron los muchachos. Supongo que llevaba una linterna y la luz brilló sobre su impermeable de hule blanco.

—¡Esos tontos! —dijo él con un suspiro—. Si no me hubieran visto y armado tanto escándalo, habría llevado al hombre escaleras abajo, hasta la puerta lateral, y lo habrían encontrado fuera de mi hotel. Aunque, por supuesto, no sabía nada de la llamada telefónica a la policía...

—Entonces usted es el Diablo —replicó ella meditabunda.

—Mi querida señorita —dijo él— es su privilegio decirlo. Personalmente, creo que lo que hice, o más bien, lo que intenté hacer, fue simplemente un buen negocio. Esperaba sacar al hombre del hotel. Esperaba persuadir a esa condenada muchacha de que guardara el secreto. Así, la policía habría encontrado al hombre fuera, habrían pensado que simplemente era algún marinero fallecido en una disputa y no habría habido ningún escándalo en mi hotel. Como le dije, soy realista.

Sí, pensó ella; claramente no demuestra mucha sentimentalidad ser capaz de cargar un muerto en brazos con la intención de tirarlo fuera bajo la lluvia.

—Y dejar que Cecily vaya a la cárcel... —replicó ella casi para sí misma.

—¿Dejar? —exclamó él—. ¡Dios mío bendito! ¿Qué tengo que ver yo con eso?

—Usted debió haberle pedido que mintiera por usted sobre haber encontrado al hombre en su habitación.

—Lo admito. Se lo pedí. ¿Y por qué no habría de hacerlo? Todo lo que ella dijo era mentira. Por qué no una más, ¿no?

—Si ella hizo eso por usted, señor Fernández, usted podría haber hecho algo siquiera, por diminuto que fuera, para salvarla.

—«Salvar» es una palabra muy grande —dijo él—. Ella no corría ningún peligro. Una ligera incomodidad, a lo sumo. Para eso se podía confiar en Losee. Si hubiera existido algún peligro, naturalmente, yo habría arrojado todas las demás consideraciones al viento. —Extendió las manos, con los dedos abiertos, en un gesto de arrojar—. No soy un animal sin humanidad.

—Usted dijo que era un jaguar...

—Mi querida señorita —dijo él en voz baja—, he perdido su buena voluntad. Es una desgracia. Bueno... Pero hay una desgracia más de la que tengo que preocuparme primero. Una de las huéspedes ha desaparecido.

—¿Quién?

—La señora Fish —respondió él—. Losee vino a hacerle un par de preguntas, pero no estaba en su habitación. No la encontramos por ninguna parte. Él piensa que es muy extraño. Yo supuse que quizás solo salió a dar un paseo y él me miró... —Hizo una excelente imitación de la mirada fría e impenetrable de Losee—. Así que me preguntó sobre la señora Fish: «¡Ajá! ¿Conque vino en el barco con usted? ¡Atrapado! ¿La conoció en Trinidad? ¿No? ¡Atrapado!». A él le encantaría acusarme de estrangular a la señora Fish, pero no puede encontrar ningún cadáver.

—¿Cuánto tiempo lleva desaparecida?

Se encogió de hombros.

—No lo sé —respondió—. No puede haber pasado demasiado tiempo; almorzó aquí. Para ser franco, no me interesa. No veo nada extraño en que la señora Fish salga y se quede fuera incluso un día entero. Puede haber salido a dar un paseo en coche, a caminar, de compras; puede que incluso en este momento esté tomándose una buena taza de té en alguna parte. Pero Losee anda buscando algún pretexto para atacarme y ahora está usando esto. Mandó a dos hombres a registrar la habitación de la señora Fish. ¡Bueno! La registraron y no encontraron absolutamente nada. Pero dice que si ella no ha vuelto a la hora de la cena, interrogará a todos los demás huéspedes. Y eso... ¡Pues...! Eso acabaría conmigo.

La señorita Peterson se recostó, mirando fijamente la pared frente a ella.

—Tenemos a este merodeador al que dispararon en el hotel —continuó él—. Bueno, eso fue un accidente. Tenemos a la señora Barley muriéndose. Bueno, tampoco es problema; era solo una empleada del hotel y todo el mundo conocía su pequeña debilidad. Pero basta con que Losee les meta en la cabeza la idea de que existe algún tipo de peligro misterioso a los huéspedes, y se marcharán sin pensarlo. El rumor circulará por toda la isla. Llegará a otras islas... Hasta Nueva York... —Se pasó el dedo índice por la garganta.

Hubo un silencio eterno. La señorita Peterson se encontraba absorta pensando.

—Bueno —intervino él—, espero que la señora Fish regrese antes de las siete. Ese es el plazo. ¿Puedo hacer algo más por usted, mi querida señorita?

—No, gracias —respondió ella lentamente.

—¿Supongo que no querrá tomar una copita conmigo a las seis?

—¿Puedo decírselo más tarde?

—¡Por supuesto! —dijo él—. Estaré en mi diminuto despacho hasta entonces.

Se quedó quieto un instante en el que se miraron fijamente.

No lo sé, pensó la señorita Peterson. Honestamente, no sé qué pensar de usted, don Carlos... Tal vez crea ser un jaguar y me apena muchísimo, o tal vez lo haya juzgado mal...

La puerta se cerró tras él y por un rato ella se quedó en silencio, meditando con intensidad. Luego, se levantó y se miró en el espejo con desagrado. Su vestido negro de lino, con su cuello blanco, estaba arrugado, el cabello despeinado, se la veía pálida y abatida.

Se dio una ducha fría, se puso su kimono azul claro, tomó el sobre que la señora Fish le había dado y se sentó junto a la ventana mirándolo.

La señora Fish sospechaba que algo malo le iba a pasar. Quizás, si le digo eso de inmediato al superintendente, pueda detenerlo, sea lo que sea. Pero de todos modos debe de estar buscándola. Debe de tener alguna información y cierta sospecha.

¿Raro? Es más raro de lo que parece. El paregórico... El paregórico tiene opio. Veneno. La señora Barley fue envenenada y murió. ¿Se supone que yo también debería morirme? Es un pensamiento desagradable. Me recorre un escalofrío por toda la espalda.

La hace sentir a una muy sola pensar que alguien quiere matarla. Estoy muy sola aquí. Ningún amigo salvo don Carlos. ¿Y qué sé yo de él? ¿De verdad será un amigo? Me pidió que me casara con él. ¡Bueno! Por lo que sé, bien podría ser un Barba Azul, asesinando mujeres a diestro y siniestro.

Pero aun así, no puedo creer que quisiera matarme. Vanidad, supongo... Me dejé engañar por sus besos en la mano, sus «mi querida señorita», su técnica latina. Debería pensarlo mejor. Debería encontrar al superintendente y contárselo todo. Lo del agujero de bala, lo del pasaporte, el paregórico y lo de la señora Fish. Sí, sobre todo lo de la señora Fish. Estoy preocupada por ella.

Tengo derecho a preocuparme. Ella sospechaba que algo podía sucederle, como le sucedieron cosas al hombrecito calvo, a la señora Barley e incluso a mí. Losee le dio a don Carlos plazo hasta la hora de la cena. Las siete es la hora final... No me gusta mucho esa frase. ¿Será porque es la hora final de... la señora Fish?

Miró el sobre con el ceño fruncido. Luego, levantó la pequeña pestaña de metal que lo cerraba y lo abrió. Dentro había un documento plegado, de aspecto oficial, y otro sobre más pequeño, también dirigido a la señorita Peterson.

Estimada Srta. Peterson.

Vine a Riquezas para encontrar a Harold Cartaret, quien asesinó a mi marido. Contraté un detective en Nueva York para buscarlo y se enteró, por un marinero, de que Harold Cartaret había venido a este hotel. Debe de estar usando un nombre falso, de modo que tendré que arreglar una conversación privada con cada hombre de aquí; uno por uno, pues no sé cómo es su aspecto, ni su edad tampoco.

He tenido tantas pesadillas últimamente, que me he sentido bastante nerviosa. Si algo me ocurriera, por favor, encárguese de mi testamento, que va adjunto. Usted es la única persona en la que puedo confiar.

Atentamente,

Ella Perch

(Registrada como Ella Fish)

La señorita Peterson tomó el teléfono.

—A la orden... —dijo la voz alegre del *soi-disant* Alfred Jeffrey.

—¿Puede comunicarme con el señor Fernández? —solicitó ella, y tras un momento escuchó su voz—. Debo verlo, señor Fernández —le dijo—. ¿Estará en su despacho en cinco minutos?

—A sus órdenes, mi querida señorita —respondió él.

Se puso un vestido de gala de gasa negra y, en menos de cinco minutos, tocaba a la puerta de su despacho. Él la abrió con un floreo y una reverencia.

—Mi querida señorita, se ve exquisita de negro —le dijo cortésmente.

—¡Gracias! —contestó ella—. ¿Podría cerrar la puerta, por favor, señor Fernández? Yo estaba con la señora Fish mientras almorzaba cuando...

—¡Espere! —interrumpió él—. ¿Comió con ella?

—No, solo tomé café. Pero eso no es lo que...

—¿Tomó café con ella? ¿En su habitación?

—Sí —afirmó con el ceño ligeramente fruncido.

—¡Dios mío! Ojalá lo hubiera sabido —exclamó él—. Apenas me entero de que no fue al comedor a almorzar. No se me ocurrió pensar dónde había tomado algo... ¿Sabe quién le trajo ese almuerzo y ese café?

—Dejemos eso para luego —respondió ella—. Esto es más importante. La señora Fish me entregó un sobre. Me dijo que lo abriera si le pasaba algo.

—¿Y piensa que le ha pasado algo?

—Será mejor que lea esta nota —dijo ella entregándosela.

Lo observó leerla. Su cabeza, con el espeso cabello oscuro esponjado detrás de las orejas, se movía de un lado a otro; parecía estar alerta. Luego, pareció reflexionar, con la mandíbula prominente y la mirada desviada. Al acabar, esbozó una amplia y brillante sonrisa.

—Tendremos un pequeño tribunal aquí —anunció—. Yo mismo haré algunas preguntas.

Atravesó la habitación y abrió la puerta.

—¡Jeffrey! Un momento, por favor.

Alfred Jeffrey llegó de inmediato y, al ver a la señorita Peterson, sonrió con esa sonrisa burlona y afligida.

—¡Siéntese! —le indicó el señor Fernández.

—¡Oh, muchas gracias! —contestó Jeffrey—. Pero prefiero estar de pie.

—Como guste, mi querido Harold Cartaret —dijo el señor Fernández.

Cayó desplomado en la silla, pálido, con el cuello de su chaqueta blanca sobresaliendo de su nuca como si fuera un *pierrot* colgando de una cuerda.

—Se siente mal, ¿no? —preguntó el señor Fernández.

—Hasta aquí —dijo el otro—. Renuncio.

DOCE

—No puede renunciar —le dijo el señor Fernández—. Le queda mucho por hacer antes de que finalice el contrato.

—Muy bien. Llame a la policía y que todo acabe.

El señor Fernández guardó silencio sentado en el borde del escritorio, con un tobillo sobre la rodilla y una mirada intensa en su rostro.

¿En qué estará pensando?, se preguntó la señorita Peterson. ¿Cuánto sabe? ¿Y cuánto no es solo improvisación? No sabía que aquel muchacho era Harold Cartaret. Disparó en la oscuridad, y resultó dar en el blanco perfecto. Ahora, lo aprovechará de alguna manera.

Ella miró a Harold Cartaret hundido en su silla, con las piernas estiradas delante de él, y tuvo el impulso repentino de advertirle. Pero el señor Fernández continuaba hablando.

—Créame —dijo—, habría mandado llamar a la policía sin molestarme en darle ningún aviso, mi querido Harold Cartaret, de no ser por Cecily.

—Ella no tiene nada que ver.

—Está metida hasta el cuello —aseguró el señor Fernández, y repitió con una especie de énfasis—: Hasta el cuello.

—¡Eso es mentira! —dijo Harold Cartaret.

—Creo que le diré que venga...

—¡No! —exclamó Cartaret.

El señor Fernández presionó el timbre bajo su escritorio y Cartaret se levantó. Tenía el cabello revuelto por detrás, el cuello del abrigo sobresalía de su nuca, y una expresión aturdida y desafiante se acentuaba en su rostro. Encendió un cigarrillo mientras el señor Fernández abría la puerta.

—Pida a la señorita Wilmot que venga —dijo al cerrar.

¿Qué pretende?, pensó la señorita Peterson. ¿Sabía algo acerca del asunto de la señora Perch con Harold Cartaret antes de que yo le mostrara la nota? ¿O fue solo un farol?

Tocaron a la puerta y entró Cecily; la nueva Cecily rubia con la flor azul aún en su cabello.

—¡Siéntese! —dijo el señor Fernández—. Vamos a tener una conversación bastante curiosa. —Su aire distraido se había esfumado. Ahora parecía seguro de sí mismo—. Permítame presentarle a... ¡al señor Harold Cartaret! —exclamó, dirigiendo un gesto hacia su empleado.

—¿Qué significa todo esto? —preguntó Cecily.

—Ese es su verdadero nombre —contestó el señor Fernández.

Ella miró a Cartaret y frunció el ceño.

—¿Pasa algo? —volvió a preguntar.

—Va directito a la horca —respondió el señor Fernández.

—¡Cállese! —gritó Cartaret.

—¿Qué significa esto? —exigió Cecily, poniéndose de pie frente a Cartaret.

—Sea lo que sea, no es asunto tuyo —dijo Cartaret.

—¡Siéntese! ¡Siéntese! —insistió el señor Fernández, pero ella fue directa hacia la señorita Peterson.

—¿De qué trata todo esto? —preguntó.

—Creo que el señor Fernández se lo va a explicar —dijo la señorita Peterson—. Será mejor que escuche y no hable.

Ella observó a Cartaret al decirlo, pero él estaba desplomado en su silla con la mirada perdida.

—Soy un hombre de negocios —dijo el señor Fernández— para nada sentimental. Solo estoy pensando en mi hotel y por esa razón estoy dispuesto a hacer lo que sea. Personalmente, no me alteraría demasiado ver colgado al señor Harold Cartaret...

—¿Colgado por qué? —preguntó Cecily.

—Solo hay un motivo para la horca —replicó el señor Fernández—. Asesinato. Asesinato premeditado.

Ella miró fijamente a Cartaret esperando a que dijera algo, pero él se mantuvo en silencio.

—Lo colgarán por el asesinato del señor Perch...

—Perdón —dijo Cartaret—; capitán Perch.

—Alfred —susurró Cecily incrédula—, ¿eso es cierto?

—No tengo ganas de hablar —le indicó Cartaret.

—Le aseguro que todo es completamente cierto —dijo el señor Fernández, observándolos a ambos; tanteando el terreno—. Este hombre que recogí en la playa de La Habana, al que le di un trabajo y en quien confié...

—¡Mi benefactor! —exclamó Cartaret.

Le besó la mano e intentó hablar con su antigua ligereza burlona, pero le salió fatal.

—Cometió el asesinato —dijo el señor Fernández, mirando de reojo a Cartaret—. Luego, presa del pánico, robó un pasaporte y escapó.

—No tuve pánico —agregó Cartaret.

—¡Alfred! —gritó Cecily—. ¿No tienes nada qué decir?

—No —añadió escueto—. Solo que no tuve pánico y que no siento remordimiento alguno por estrangular al difunto capitán Perch.

Ya lo arruinó todo, idiota; pensó la señorita Peterson. Acaba de delatarse por completo.

—¿Tú... estrangulaste a un hombre hasta matarlo? —preguntó Cecily desconcertada.

—Lo hice —respondió Cartaret—. Publicó un anuncio en el periódico buscando un marinero *amateur* en busca de aventuras. Eso me atrajo. Estaba sin trabajo y había tenido una gran pelea con mi padre, así que escribí para pedir una entrevista.

Él daba su explicación única y exclusivamente para Cecily. Ambos se miraban fijamente con un cierto aire desafiante.

—Perch me aseguró que sería una especie de crucero placentero y tranquilo. Me hizo firmar un contrato por pura formalidad, o eso me dijo. Pero resultó ser un viaje comercial y yo acabé ejerciendo como su mayordomo personal. Y además... maldito canalla..., me golpeó en más de una ocasión. Aquella vez me dio una patada, la última, y eso me enfureció.

—Oh, ¿quieres decir que solo fue una pelea? —dijo Cecily con un suspiro de alivio—. Eso no es asesinato.

—Bueno —intervino el señor Fernández—, la policía lo llamará asesinato. Estrangular a un hombre y dejarlo muerto. Robar un pasaporte y huir. Eso es más que suficiente para la policía.

—Él puede decirles la verdad —replicó Cecily—; contarles cómo lo trataba el capitán Perch.

—No... —dijo el señor Fernández—. No sirve de nada. Está en un aprieto, Cartaret. Lo sabe, ¿no?

—Lo sé —contestó Cartaret con sonrisa forzada.

—No tiene ninguna oportunidad —aseguró el señor Fernández—. Le robó el pasaporte a Alfred Jeffrey y el hombre que fue asesinado en mi hotel era Alfred Jeffrey. ¡Perfecto! No habría mejor motivo. Supongamos que llamo a Losee. Le digo que encontré el pasaporte del fallecido tirado en alguna parte. Él lo mira. «¿¡Qué!?» —Puso una expresión de asombro. Actuó como el superintendente Losee—. «¿El muerto era Alfred Jeffrey? Muy bien. Y, ¿quién se supone que es este otro hombre?». Por supuesto, entre cielo y tierra nada se esconde, amigo mío. Sin duda será acusado también de un segundo asesinato. Buen motivo.

Oportunidad perfecta. Tiene a su disposición una llave maestra. Puede entrar y salir a su antojo de cualquier habitación. Este es su final.

—Posiblemente —dijo Cartaret con gran indiferencia.

—A menos que... —agregó el señor Fernández lentamente—, a menos que yo lo salve.

—¿Ah, quiere negociar? —preguntó Cartaret.

—No necesito negociar —repuso el señor Fernández—. Le explicaré mis condiciones. Este asesinato del capitán Perch no me interesa para nada. Solo estoy pensando en mi hotel. Necesito que el tiroteo que ocurrió aquí se aclare de un modo que no perturbe a ninguno de mis huéspedes. Toda esta investigación les molesta y es terrible para el negocio. Por supuesto, Cecily, he entendido de inmediato por qué hizo esa confesión.

—No podía... —intervino ella.

—La hizo —continuó él— para proteger al señor Harold Cartaret.

—¿Protegerlo de qué? —exclamó ella con una especie de desdeñosa indignación.

—Mi querida jovencita —replicó—, le aseguro que sé muy bien lo que ocurre en mi hotel. Sé de esos pequeños paseos a medianoche que daba junto a nuestro amigo, el señor Harold Cartaret. ¡Bueno! Supongo que durante aquellos paseos, el señor Harold Cartaret le contó algo acerca de sus problemas...

—¡Pues no lo hizo! —dijo Cecily.

—Entonces lo descubrió por intuición. Presentía que estaba en apuros, ¿no?

—Algo sospechaba —admitió ella.

—Entonces, cuando ocurrió el tiroteo en el hotel, pensó enseguida que él podría estar implicado, ¿no es eso cierto? Confiese.

—No —dijo ella con asombrosa franqueza—. Cuando vi por primera vez al hombre en su habitación, pensé que usted le había disparado.

—¡Ah...! —dijo el señor Fernández desconcertado—. ¿Entonces su confesión no fue por amor?

—¿Amor? —repitió Cecily, como si esa palabra la sorprendiera—. Yo no amo a nadie... No hace falta que sonría así. ¡Es la verdad!

—Entonces, ¿por qué estaba tan ansiosa por quedarse en mi hotel, aunque le fuera asignado el tocador de mujeres? —preguntó el señor Fernández aún sonriendo.

—Bueno, se lo diré —le espetó Cecily con un intenso rubor en las mejillas, más enojada y alterada por ser acusada de amor que por la acusación de homicidio—. Estoy tratando de construirme una carrera. Mi familia nunca me ayudó. Mi padre no quería que yo tuviera éxito. Quería que me quedara en casa y tocara solo para la familia. Mi profesor estaba organizándome un recital en Nueva York. Mi padre se negó rotundamente a financiarlo y a apoyarme. Así que me fui. Me dirigí a una agencia de viajes y compré un pasaje en el primer barco que zarpara.

—¿Sus padres saben dónde está? —preguntó la señorita Peterson.

—No —respondió Cecily—. Pero le di a uno de los pasajeros del crucero una carta para que la enviara por mí al volver a Nueva York, donde les contaba que estaba bien. En cuanto llegué aquí, supe que este era el lugar perfecto. Sabía que un ambiente exótico me sería de gran provecho y siento que me ha hecho bien alejarme de casa. Decidí que no volvería hasta haber salido en los periódicos. Y cuando vi a ese hombre tendido allí... Bueno, me pareció una oportunidad maravillosa.

—¿Así es como ves a un cadáver? —dijo Cartaret pensativo—. ¿Como una oportunidad maravillosa...? ¡Ya veo!

El vivo color se le desvaneció y volvía a estar pálida, aunque desafiante.

—Sí —dijo ella—. Así es como lo veo. Creí que era una buena oportunidad para salir en los periódicos. Quería obtener la publicidad más sensacional que pudiera. Así que levanté el arma y disparé contra la pared. Por eso le conté la historia a la policía. No por amor.

En contraste con su apasionada energía, ambos hombres parecían tristemente abatidos. Cartaret se alejó de ella y agarró el pequeño caimán de juguete, mientras el señor Fernández miraba al suelo. Estaban consternados, incluso conmocionados por semejante negación del amor por parte de alguien tan joven y atractiva.

El señor Fernández se repuso.

—¡Bueno! —dijo—. Ahora tiene la oportunidad perfecta para obtener más publicidad. Dígale a Losee que hizo esa confesión para proteger a Cartaret.

—¡No, no lo haré! —protestó ella—. No voy a hacer nada que lo perjudique. De algún modo lo quiero.

—No le hará daño —dijo el señor Fernández—. Aquí están mis condiciones: Cartaret escribirá una confesión en la que afirmará que disparó a Alfred Jeffrey. ¡Esperen! Cuando haya hecho eso, lo sacaré de la isla hacia Venezuela. Tengo unos amigos ahí. Si no es tan tonto, podrá mantenerse alejado de la policía hasta que todo quede olvidado. Cecily puede decirle a la policía que confesó para protegerlo...

—¡Muy ingenioso! —replicó Cartaret con una especie de alegría—. Descubrió el asunto del capitán Perch, vaya uno a saber cómo, y ahora lo usa para... —Hizo una pausa y se humedeció los labios—. No tenía por qué decírselo a Cecily —dijo con un quiebro en la voz.

—Se lo dije porque pensé que estaría dichosa de ayudarlo.

—Bueno, lo estoy —intervino Cecily.

Cartaret negó con la cabeza.

—No hace falta —explicó—. No escribiré ninguna confesión. Si me atrapan por lo ocurrido con el capitán Perch, perfecto. —Miró al señor Fernández—. Pero a usted lo atraparán por el otro asesinato —dijo—. Sé cómo sobornó al cocinero para que identificara a aquel sujeto. Una completa mentira de principio a fin. Robert nunca lo había visto antes.

Ambos hombres se miraron con hostilidad, sin ningún disimulo.

—¡Muy bien! —dijo el señor Fernández—. Entonces váyase al infierno...

Abrió la puerta y salió. Cecily comenzó a llorar.

—¿Por qué lloras? —preguntó Cartaret, fríamente.

—¡No soy... un monstruo! —dijo ella entre sollozos—. No quiero que te cuelguen.

—Creo que sí eres un monstruo —replicó él—. Lo he pensado desde hace mucho tiempo. Todo esto sería estupendo para tu carrera. Espero que hayas guardado esas dos notas que metí bajo tu puerta. Serán valiosas más adelante. Podrás publicarlas fácilmente en cualquier periódico. Cartas de amor de un condenado...

—¡Cállate! —dijo Cecily.

—No lo haré —contestó Cartaret.

La señorita Peterson salió, cerrando la puerta tras ella.

TRECE

Casi choca con Losee, que le esperaba rígido e inmóvil frente a la puerta de la oficina.

—¿Sabe usted por casualidad dónde está el señor Fernández? —preguntó.

—Estaba aquí hace un momento...

—Bueno —dijo él—. Pero me gustaría saber dónde está ahora.

Su tono era ominoso, e irracionalmente a ella le molestó. Sintió el impulso de restarle importancia a la ausencia del señor Fernández.

—No puede haber ido muy lejos —comentó.

—Posiblemente no —dijo Losee—. El hecho, sin embargo, es que me gustaría verlo.

La señorita Peterson guardó silencio un instante.

—¿Ha regresado ya la señora Fish, superintendente? —preguntó.

—No ha regresado —dijo él.

—Entonces —agregó la señorita Peterson—, tengo algo que contarle.

Sería como una avalancha y la primera palabra que pronunciara la iniciaría. Tendría que contarle acerca de la carta de la señora Fish-Perch y, entonces, descendería el gran y rugiente alud de justicia, castigo y muerte. Muerte para Harold Cartaret, y Dios sabía si para el señor Fernández.

—¿Sí? —dijo el superintendente.

El señor Fredericks se acercaba a ellos.

—Será mejor que vayamos a otro sitio —dijo ella—. Hay mucho por decir.

—De acuerdo —convino él—. Supongamos que...

—Superintendente —interrumpió el señor Fredericks—, ¿puedo hablar con usted?

—Enseguida, señor Fredericks —dijo Losee.

—El asunto no admite demora, superintendente —replicó el señor Fredericks—. Entiendo que la señora Fish está desaparecida, pero tengo una información muy importante que darle sobre ella.

—Estaré a su servicio en unos minutos, señor —dijo Losee—. Pero...

—Estaré encantada de esperar, superintendente —intervino la señorita Peterson, con gran cortesía—, si el señor Fredericks tiene información importante que darle sobre ella...

—Es muy amable por su parte, señorita Peterson —dijo el señor Fredericks—. Trataré de no extenderme demasiado.

Losee apretó su ya delgada boca en una ancha línea recta e, inesperadamente, aparecieron dos hoyuelos en sus curtidas mejillas. Parecía deliberar.

—¡Muy bien, señor! —dijo—. Si la señorita Peterson está dispuesta a esperar...

Ella se marchó de aquella pequeña cacería privada del señor Fernández.

Se hace tarde, pensó. El sol se está poniendo. Se acerca la hora final. Subió a su suite y tocó en vano. Volvió a bajar y mandó llamar a Howard.

—¿Sabe dónde ha ido el señor Fernández, Howard? —preguntó ella.

—No señorita, no lo sé —respondió—. Si me lo pide lo buscaré por todo el hotel. Debe ser que salió, señorita; pero no dejó ninguna recado.

—Avíseme tan pronto como lo vea, por favor —dijo.

Se quedó preocupada. No era momento para que el señor Fernández estuviera ausente. Entró en el salón y habló con la anciana señora Boucher por un tiempo indefinido. Luego, salió a la terraza, tocó la campanilla, y Moses, el jefe de mozos, acudió a ella.

—¿Sabe si ha regresado el señor Fernández? —preguntó.

—No, señora, no ha regresado —dijo Moses—. La policía vino a verlo y lo estamos buscando, pero no se encuentra aquí.

—Supongo que salió solo un momento... —dijo la señorita Peterson.

—Señorita, él nunca hace eso —contestó Moses—. Si sale, me informa siempre de cuándo vuelve. Siempre, señorita.

—Avíseme cuando vuelva, Moses, ¿sí? —replicó ella.

Ahora estaba algo más que preocupada. Subió de nuevo a su suite y volvió a tocar sin la menor esperanza de obtener respuesta. Se había esfumado, al igual que la señora Fish.

A las siete en punto entró en el comedor y sonrió al pasar junto a la señora Boucher, la anciana señora Green y el mayor; sentándose en una mesita solo para ella. Mañana saldrá en los periódicos, pensó. Será el fin del hotel y el fin de toda la magnificencia de don Carlos. Él dijo que había mucha gente deseando derribarlo. Pecaríes. Bueno, me temo que ya tienen al jaguar acorralado en un árbol.

Me apena más de lo que habría imaginado. Ojalá no tuviera que correr con los pecaríes. No voy a decir más de lo necesario. Le contaré a Losee acerca de la carta de la señora Fish-Perch y ya está.

Pero ¿no contarle nada acerca de Cartaret y el pasaporte? ¿Solo decirle que la señora Perch está buscando al asesino de su esposo sin revelarle que el asesino está aquí? No. No puede ser así. Tengo que contarlo todo. Pero seré yo quien ahorque a Cartaret y quien lapide con toda esta avalancha a don Carlos.

Ya le he protegido antes. ¿Acaso pensó que lo volvería a hacer? ¿Contaba ya con eso? ¿Después de que yo misma lo oyera chantajeando a Cartaret? Sin embargo estoy aquí sentada, sintiendo pena por él.

¡Bueno!, se dijo a sí misma. Nunca he pretendido ser totalmente racional. ¿Quién podría serlo en un mundo con cosas tan irrazonables como huracanes, terremotos y guerras? Me gustan los gatos y odio a los ratones. Me gusta el azul y odio el verde. Así es la vida.

Anochece, ¿y dónde está don Carlos? Solo hay algo seguro; si está intentando escapar, tiene algún plan. Es un tipo listo, y puede que lo logre...

Intentó disfrutar de la cena en solitario. Pero la ausencia del señor Fernández era casi palpable, sin su exuberante presencia el hotel se sentía terriblemente vacío. No había nadie a cargo.

Incluso me alegraría de ver a Losee, pensó.

Por lo general, nunca se apresuraba al comer, ni en nada, si no era necesario. Disfrutó de un postre bien frío de natillas hervidas con merengue de claras y mermelada de guayaba, bebió también su café y salió al salón.

El mayor paseaba por la terraza y ella vio su figura pomposa ir y venir frente a las ventanas iluminadas. Los demás huéspedes se sentaban en el salón, ¡y qué tranquilos, qué inocentes parecían! Con un asesino tras la recepción, a pocos pasos de ellos...

Pasó delante del ascensor y miró dentro del tocador. Era muy elegante, gris y rosa. En un pequeño sofá Imperio vio sentada a Cecily con su uniforme blanco y negro.

—No creo que necesite quedarse aquí, Cecily —dijo la señorita Peterson.

—Quiero hacerlo —respondió Cecily—. Para eso me pagan.

La señorita Peterson, de gran estatura y aire despreocupado, se apoyó un momento contra la puerta. Pero no hubo nada que decir, y al rato se alejó.

Supongo que lo mejor será esperar un poco hasta que Losee esté listo para hablar conmigo, pensó mientras se dirigía al salón. Pero fue interrumpida por el señor Fredericks.

—¿Le apetecería caminar un rato? —preguntó.

Él parecía alterado. Su voz era perfectamente firme, su aspecto no había cambiado un ápice pero, de algún modo, su agitación resultaba evidente.

—Me gustaría —respondió ella—, pero debo hablar primero con el superintendente Losee.

—Se ha ido —le informó el señor Fredericks—. Lo llamaron de urgencia. Volverá de inmediato, por supuesto. Pero eso le da tiempo para dar un paseo conmigo, si gusta.

No tenía inconveniente, así que salieron a la terraza donde el mayor seguía patrullando solo. Bajaron los escalones y caminaron hasta la playa.

—Lamento contarle esto —comenzó el señor Fredericks—, pero Losee no es el hombre indicado para este caso. Es... impenetrable. La típica mente de oficial. Tengo bastantes amigos por estas islas en puestos de autoridad y me veré en la penosa obligación de hacerles saber que mis comentarios fueron ignorados por Losee.

—¿De verdad? —dijo la señorita Peterson con cierto aire de simpatía.

—Totalmente ignorado —contestó él—. He hecho un gran trabajo en este caso y he llegado a ciertas conclusiones, en base a mi experiencia y mis conocimientos. Se las presenté todas a Losee y él las descartó por insignificantes.

—¡Ya veo! —dijo ella.

—Quiero que mis conclusiones queden registradas —continuó—. No es que me interese recibir crédito, es más bien cuestión de exponer la incompetencia de la policía bajo la dirección de Losee. Y usted, por supuesto, es la persona indicada a quien dirigirme respecto a este asunto.

—¿Indicada? —repitió ella.

—¿Quién más sino? —preguntó—. Se lo conté todo a mi esposa, naturalmente, pero se podría decir que ella no es imparcial. No hay nadie más en el hotel en quien pueda confiar. En verdad creo que puedo contar con usted para confirmar mi declaración en el futuro, de ser necesario.

Estoy cansada de que cuenten conmigo, pensó ella. Estoy preocupada y soy bastante infeliz. No estoy segura de nada. Es un error contar conmigo. Podría hacer o decir cualquier cosa...

—Asistí al juicio del hombre asesinado en el hotel —continuó el señor Fredericks—. Y me resultó evidente que protegían a alguien. La jovencita, Cecily, entregó su declaración sin el examen pertinente. Le envié una nota al forense sugiriendo respetuosamente que la muchacha pudo haber tenido una relación con el fallecido, pero fue ignorada. Todo el juicio fue una farsa. Y la investigación de mañana sobre la desafortunada señora Barley probablemente sea igual de inútil. Aunque logré sonsacarle a Tinker que fue envenenada...

—¿El doctor Tinker le dijo eso? —preguntó sorprendida.

—Bueno... Digamos que le saqué esa información de forma indirecta. Tengo en mente algo para Tinker, ¿sabe? Conozco a una persona muy influyente que puede pedirle que me brinde toda la ayuda posible. En resumidas cuentas, expuse a Losee toda mi información y la deducción lógica a la que había llegado. Pero él la descartó. Quiero que mis conclusiones queden registradas, señorita Peterson.

—Entiendo —dijo ella.

—Recordará que mencioné antes la posibilidad de que Cecily hubiera tenido una cita con el muerto. Si en aquel momento me quedaba bastante claro el objeto de tal encuentro, ahora ya no me cabe ninguna duda. El hombre debió ser un traficante de drogas.

Llegaron a la basta y húmeda arena en la orilla del mar y caminaron lentamente, de un lado a otro, bajo el cielo salpicado de estrellas, con un viento suave y constante soplando sobre el agua.

—Este hotel —dijo el señor Fredericks— es la sede de un cartel de drogas.

La señorita Peterson giró la cabeza, pero no pudo ver su rostro en la oscuridad.

—¿Ha hallado alguna evidencia? —preguntó.

—Aún no —contestó—. Mis conclusiones son meras deducciones; por ahora. Le corresponde a Losee presentarlas. En mi opinión, la señora Barley era, sin duda, una drogadicta.

—No lo creo, señor Fredericks.

—Me temo que es cierto, señorita Peterson. Y hay otro adicto aquí. Alguien que vino con el único propósito de conseguir un buen suministro de drogas, probablemente opio...

—¿Quién? —preguntó ella.

Había un bote de remos varado en la playa un poco más adelante y la señorita Peterson quiso llegar hasta él para sentarse.

—¿No se ha dado cuenta? —repuso él—. La señora Fish. Sin duda es otra drogadicta.

Por supuesto que no, pensó la señorita Peterson; pero no dijo nada en voz alta y dejó que continuara.

—Ella vino aquí con la intención de conseguir esa droga —dijo él—. Y la joven Cecily es la intermediaria entre los traficantes y el jefe del cartel quien, naturalmente, trata de permanecer en el anonimato. Este arreglo ha funcionado bien, sin ningún tropiezo, pero entonces... algo salió mal. Creo saber qué fue. Poco antes de la tormenta, el día anterior, una goleta atracó aquí, una llamada Hesíodo. Echó el ancla en la rada y en algún momento, antes o durante la tormenta, desapareció. Me parece del todo seguro que el hombre muerto provenía de la Hesíodo.

—Sentémonos —dijo la señorita Peterson, acomodándose en el borde de la embarcación mientras el señor Fredericks permanecía de pie frente a ella.

—Esa es mi reconstrucción de los hechos —expuso él—. Ese hombre supo, de alguna forma, que la goleta se había ido dejándolo aquí y entró en pánico; quizás tenía antecedentes como traficante de drogas. Entonces, buscó protección en el jefe del cartel y exigió que lo ocultaran en el hotel. El jefe, a quien podemos llamar X, por conveniencia, no quiso correr semejante riesgo y lo mató. La señora Barley, sin duda, conocía al difunto. Tal vez le había conseguido drogas en el pasado. Como ella podía identificarlo... también fue eliminada.

—¿Tiene un cigarrillo, señor Fredericks? —preguntó la señorita Peterson.

Él le ofreció uno y se lo encendió.

—A esas alturas X había llegado demasiado lejos para echarse atrás y le resultaba absolutamente necesario cometer otro asesinato. Debía deshacerse de la otra adicta, pues también podría delatarlo. Tenía que silenciar a la señora Fish y entonces desapareció. —Esperó un momento—. ¿Me sigue, señorita Peterson?

—Sí... —dijo ella, abrumada por tan extraordinario relato.

—Muy bien —contesto él—. X ha asesinado a la señora Fish. Señorita Peterson, ¿supone quién es X?

—No —dijo ella.

—El señor Fernández —respondió él.

Era el nombre que ella había estado esperando.

—Le expuse el caso a Losee —añadió—. Le dije que Fernández había matado o mataría a la señora Fish y que luego escaparía en alguna goleta o incluso en un bote oculto que de antemano habría preparado en alguna ensenada cerca de la costa sur. Propuse incluso ofrecer una recompensa por Fernández, pero Losee desechó aquella idea.

—Señor Fredericks —dijo ella—, ¿usted está... vinculado a la policía?

—Tengo conexiones con la policía, sí —respondió él—. Quizás le sorprenda saber que mi nombre es T. Myron Fredericks.

—¿Usted es el...?

—Sí. Mi decimocuarto libro acaba de ser publicado —dijo henchido de orgullo—. Tal vez haya leído las reseñas de *Muerte bajo el cristal*. He escrito historias en ambientes muy variados: la India, China, México, etc., y siempre he tenido buenas relaciones y, hasta ahora, siempre había cooperado con la policía.

—¿Ha resuelto otros casos?

—Bueno, no exactamente —respondió él a regañadientes—. Nunca había estado en contacto tan directo con un caso de asesinato. Sin embargo, he estudiado criminalística y métodos policiales. Mi mente está entrenada para eso.

Encendió un fósforo y lo sostuvo entre las manos protegiéndolo del viento. Lo mantuvo hasta quemarse y lo dejó caer en la arena.

—¡Dios mío! —susurró.

—¿Qué ocurre, señor Fredericks?

—Ella está aquí... —dijo él.

—¿Quién? ¿Dónde?

—La señora Fish —dijo—; en el bote.

La señorita Peterson se levantó de un salto. Él encendió otro fósforo, pero se le apagó de inmediato. Volvió a prender otro más y abrió su chaqueta para protegerlo. La señorita Peterson miró hacia abajo.

La señora Fish yacía encogida en el fondo del bote, con su larga cabellera negra suelta y sus ojos bien abiertos.

CATORCE

—¡No la toque! —gritó el señor Fredericks—. Esperemos hasta que llegue la policía...

—Tengo que ver si... —dijo la señorita Peterson. Se arrodilló en la arena y tanteó en la oscuridad hasta encontrar una muñeca muy delgada y fría en la que no pudo sentir pulso.

—¿Muerta? —preguntó el señor Fredericks en voz baja.

—Creo que sí —respondió la señorita Peterson, levantándose.

—Entonces —dijo él—, mi caso está más que probado.

Ella lo oyó sin comprenderlo. Era como si el impacto de aquel descubrimiento hubiese desintegrado su mente en los diminutos y brillantes prismas de un caleidoscopio. Los pensamientos centelleaban en su cabeza, pero no tenían ningún sentido. El mar se acercaba constante en un extraño rumor apacible y ella temió que terminara arrastrando el bote de la orilla y se lo llevara mar adentro. Volvió su mirada al hotel.

—¡Mi caso está comprobado! —repitió el señor Fredericks.

—¡No, no lo está! —dijo ella.

—¿No lo cree? —replicó él siguiéndole el paso—. ¿Después de todo lo que le he dicho? ¿Después de predecir que la señora Fish sería inevitablemente asesinada?

—No —dijo ella casi corriendo, con mucha prisa, dando zancadas largas y ligeras, sin apenas esfuerzo—. No creo que el señor Fernández sea un asesino, ni un traficante de drogas, ni un estafador, ni un ladrón.

—¿Por qué no lo cree? —exclamó él.

¿Por qué?, se preguntó ella. Simplemente, no lo creo, eso es todo. Cuantas más cosas le imputan, más fe tengo en él.

—Si es inocente —dijo el señor Fredericks con la voz temblorosa por la emoción y el ritmo apresurado—, ¿por qué ha escapado?

—No lo ha hecho —contestó ella.

—Entonces, ¿dónde está?

—No lo sé —dijo. Desde luego se ha ido, pero no hace falta ser culpable de un crimen para alejarse un tiempo. Tal vez la señora Fish no fue asesinada. Quizás solo fuera un accidente. Puede que ni siquiera esté muerta. Debemos darnos prisa y buscar ayuda. Debo darme prisa...

—Usted testificará lo que dije —insistió el señor Fredericks—. Y dará constancia de que predije este asesinato.

—Sí, lo haré —concedió ella para callarlo. La distancia hasta el hotel le pareció inmensa, se alzaba casi como un castillo encantado con las torres iluminadas...

Alguien venía hacia ellos.

—¿Señorita Peterson? —preguntó una voz masculina.

—¡Oh, superintendente Losee! —respondió ella, deteniéndose en seco, con un largo suspiro de alivio—. Lo estaba buscando.

—Yo también —dijo él.

—¡La señora Fish...! —exclamó ella—. Está en aquel bote de remos y me temo que muerta.

Él habló por encima del hombro a una de las dos figuras oscuras que lo seguían.

—Llame al doctor Tinker —dijo, mientras avanzaba hacia la señorita Peterson—. ¡Ah, señor Fredericks! Quisiera un informe, por favor, de su hallazgo.

—Justo le estaba contando a la señorita Peterson mi conclusión —dijo el señor Fredericks—. Acababa de decirle que la señora Fish sería inevitablemente asesinada cuando, al prender un fósforo para encender un cigarrillo, vimos su cuerpo tendido en el fondo del bote.

—¿Tocaron el cuerpo o lo movieron de alguna forma?

—Para tomarle el pulso —dijo la señorita Peterson.

—Eso es justificable —comentó Losee.

Avanzó hasta el bote y dirigió al interior el resplandeciente haz de luz de su linterna. Se sentó en el borde y miró fijamente hacia abajo.

—¡Sargento! —dijo, y una de sus sombras se paró a su lado—. Tome nota de la posición. Haga un croquis.

—¡Sí, señor! —respondió una voz suave y profunda.

Luego hubo silencio, oyéndose solo el murmullo constante del mar.

—No hay remos —observó Losee—. La marea alta fue a las seis y cuarenta.

—Pero ahí viene de nuevo —dijo la señorita Peterson.

—Está bajando —respondió Losee—. ¿Cuál fue su motivo para venir aquí?

—Simplemente, dábamos un paseo —respondió el señor Fredericks.

—¿Quién sugirió lo del paseo?

—Yo. Quería hablar con la señorita Peterson...

—Ya. ¿Y quién sugirió pasear en esta dirección tan concreta?

—Nadie. Ninguno lo propuso. Simplemente caminamos por aquí.

—¿Terminó, sargento? Bien. Ahora saquemos el cuerpo. No hace falta que se quede, señorita Peterson.

Pero ella no lograba decidir si quería darle la espalda o no a la señora Fish-Perch. No podía marcharse y dejarla sola con los dos policías. El señor Fredericks también se quedó. Fue fácil levantar a la señora Fish, era muy ligera. La tendieron sobre la arena y dos linternas iluminaron su cuerpo.

La giraron boca abajo y la parte trasera de su vestido negro estaba húmeda cerca de los hombros.

—Señorita Peterson —dijo Losee—, ¿se siente capaz de ayudar? ¿Podría quitarle el vestido?

Él sostuvo a la señora Fish y la señorita Peterson le sacó los brazos de las mangas y deslizó el vestido hasta debajo de sus hombros.

—Sí... —dijo Losee.

El nítido haz de la linterna se detuvo en una profunda herida en la espalda, justo en el costado izquierdo.

—Herida de arma blanca —comentó meditativo—. Sí...

Acomodaron gentilmente en la arena a la señora Fish, pidió colocarle de nuevo el vestido, sacó un pañuelo y cubrió su rostro lleno de asombro.

—Esperaremos aquí al doctor... —dijo.

—¿Ya encontraron a Fernández? —preguntó el señor Fredericks.

—No, no lo hemos encontrado —respondió Losee. Parecía estar de un ánimo curiosamente apacible y callado, con la señora Fish tendida a sus pies—. Seguí su sugerencia, señor Fredericks, de que el hombre muerto había venido de la goleta Hesíodo. Regresó esta tarde y acabo de estar a bordo. Todo en orden. No falta nadie.

—¿Registró toda la goleta?

—No, señor, no lo hice —dijo Losee—. Matrícula estadounidense. No tenía autoridad.

—¿Entonces no sabe si llevan drogas a bordo o no?

—Eso es cierto. No lo sé —dijo Losee.

—¿Y se niega a tomar alguna medida?

—Estoy tomando medidas, señor Fredericks —replicó Losee.

—Sus medidas son demasiado leves —espetó el señor Fredericks—. Si me hubiera escuchado, señor, esta inocente mujer no estaría muerta a sus pies.

—Habría estado en la cárcel —dijo Losee.

—¿Qué quiere decir?

—Se emitió una orden en su contra —dijo Losee, otra vez en ese tono meditativo.

—¿Por qué?

—Han acusado a la señora Fish...

—¿Acusado de qué?

—Cómplice, antes y después de los hechos, en el caso del fallecido por un disparo en el hotel. También en la muerte por envenenamiento de la señora Barley.

—¿Esta mujer? ¿Acaba de acusar a esta mujer?

—Debería poder escribir una muy buena historia con esto, señor Fredericks —dijo Losee—. Tendría una gran ventaja sobre mí. Podría inventar un motivo, que es algo que no puedo hacer. Tengo una idea bastante clara del qué, solo que no veo un por qué. Y un jurado siempre quiere un motivo. Cosa curiosa. Uno puede presentar un caso irrefutable, pero si no hay un motivo sólido, el jurado no condena.

Parecía hablar para sí mismo en la oscuridad y ni el señor Fredericks, ni la señorita Peterson lo interrumpieron.

—Un jurado siempre recibe la instrucción de dar un veredicto basado en hechos —continuó—. Pero nunca lo hacen. Quieren solo el motivo. Incluso en un caso de suicidio. Y el problema es que el motivo del suicidio, a veces del asesinato, suele ser... inadecuado para ellos. Extrañas razones tiene la gente para matar... muy extrañas; ni se imaginan.

—Me interesaría escuchar el caso que ha construido contra esta desafortunada mujer —dijo el señor Fredericks—. Me gustaría oír cómo deduce su culpabilidad.

—Bueno, yo me aventuro a múltiples deducciones —dijo el superintendente—. Recojo todos los hechos que puedo y, a veces, si tengo suerte, significan algo. En este caso... En el curso de interrogar a los criados di con un hecho significativo. —Hizo una pausa—. Descubrí que la señora Fish, dentro de la hora siguiente a su llegada al hotel, mandó a llamar a la señora Barley y habló con ella durante un buen rato. —Volvió a hacer una pausa—. La llave maestra de la señora Barley no ha sido hallada —dijo—. Hay varias explicaciones posibles para eso. Una, perdió o extravió la llave. Dos, la llave le fue robada. Tres, prestó la llave a alguien. Muy bien. Centrando mi interés en la señora Fish, interrogué a la camarera que atendía su cuarto y supe que tenía un maletín enteramente lleno de botellas.

—¡Drogas! —dijo el señor Fredericks.

—Los traficantes de drogas no llevan su mercancía en frascos, señor. Logré echar un vistazo a ese maletín y encontré en él varios bromuros y un buen número de remedios comunes para la indigestión y demás dolencias. Pero una preparación contenía cierto veneno narcótico. Después de que el doctor Tinker dijera que, en su opinión, la señora Barley sufría de los efectos de un veneno de esta clase, quise ver de inmediato a la señora Fish.

—Bueno... —dijo el señor Fredericks, en tono decepcionado.

—Si la señora Fish tenía en su posesión una llave maestra —agregó Losee—, además de esta buena cantidad de medicamentos y venenos, tuvo tanto los medios como la oportunidad de cometer dicho asesinato. Cuando más tarde encontré entre sus papeles un permiso estadounidense para llevar un arma, sentí que estábamos progresando. Seguimos esa pista. Encontramos un excelente juego de huellas dactilares de la señora Fish en la botella de ginebra en la habitación de la señora Bailey. Así como un juego de las suyas, señorita Peterson. Pero usted admitió haber estado en la habitación y la señora Fish no.

Esperó, pero nadie habló.

—Un dato de lo más peculiar vino de dos de las criadas. La señora Fish había hablado con estas muchachas por separado, pero sus relatos se corroboraban mutuamente. Recordaron lo que ella les había dicho, porque las había asustado a ambas. Ella les preguntó si había zombis en la isla. Esta es una superstición propia de Haití, si no recuerdo mal. De cualquier modo, aquí no existe. Ella les explicó que un zombi era una persona fallecida, generalmente por asesinato, que era obligada a trabajar como esclava después de muerta. Les dijo que había visto zombis y que sabía que existían. También les dijo a ambas que ningún hecho llevado por un zombi podía considerarse un crimen.

—Pudo haber sido una broma —dijo la señorita Peterson, llena de incertidumbre.

—Difiero —intervino el señor Fredericks—. Yo lo llamaría una defensa muy sutil, preparada con antelación. —Se detuvo y miró a lo largo de la playa, hacia un grupo de figuras que avanzaban con linternas—. Pero la cuestión que tenemos ahora delante de nosotros es ¿quién mató a la señora Fish?

—¡Exacto! —dijo Losee.

—Y creo que puedo darle la respuesta. No veo que mi teoría haya sido invalidada del todo por la suya. Sigo sosteniendo que lo que tenemos aquí es un cartel de narcotráfico, una red de asesinatos si quiere, y a la cabeza, como jefe de la organización, está Fernández.

Hubo un silencio.

—¡Bueno! —dijo—. Yo predije la muerte de esta desdichada dama. Les diré aquí y ahora, quién será, inevitablemente, la próxima víctima. Será esta joven aquí a mi lado, la señorita Peterson.

—¿Cree que el señor Fernández...? —dijo ella.

—¡Sí! —casi gritando—. Y cuando sea demasiado tarde, las autoridades se darán cuenta.

—¡Hola! ¡Hola! ¡Hola! —dijo la alegre voz del doctor Tinker—. ¿Más trabajo para mí? Vamos a ver...

—No hay necesidad de esperar —dijo el superintendente mientras la señorita Peterson se alejaba. El señor Fredericks la acompañó.

—Usted también... —dijo él—. Usted también supongo que mantendrá el punto de vista oficial, el de la «avestruz». Tres muertes, tres asesinatos no bastan para perturbar la complacencia oficial.

—¿Por qué cree que el señor Fernández querría matarme? —preguntó ella lamentándose.

Lo oyó suspirar en la oscuridad.

—Supongamos que Losee tiene razón —concedió él—. Me parece muy poco creíble; no es verosímil. Pero supongamos también que la señora Fish en verdad disparó al hombre y envenenó a la señora Barley. Y consideremos además lo que la señora Fish dijo a las dos criadas. Me refiero a la afirmación del zombi. Un zombi es un esclavo sin voluntad. Podemos suponer que ella intentaba justificar sus actos, intentando protegerse, insinuando que actuó por orden de alguien más. Ese alguien debe ser el jefe del cartel de drogas, Fernández. Ella cometió ambos asesinatos bajo sus órdenes y para su beneficio. Luego, le resultó conveniente destruir su herramienta.

—Pero yo no soy una herramienta.

—Probablemente no —opinó él—. Pero oí un comentario muy extraño, señorita Peterson. Pasaba por el salón esta tarde, cuando la puerta del despacho privado del señor Fernández se abrió un poco y oí a ese joven Jeffrey decirle a alguien dentro: «Bueno, Karen, la de la dorada cabellera, acabará con don Carlos. Eso seguro». No necesito nada más para completar mi suposición, señorita Peterson. Sé quién es usted.

—¿Ah, sí? ¿Quién soy? —preguntó ansiosa—. Quiero decir, ¿quién cree que soy?

—Lo supe en cuanto llegó, llamándose a sí misma «la anfitriona». Mi esposa y yo vimos de inmediato que usted no tenía conocimiento alguno de los deberes de una anfitriona, y evidentemente no le pega nada ese tipo de oficios. No. Vino aquí por instigación del Gobierno británico a hacer averiguaciones.

—¡Oh, sí! —dijo ella en broma, dejándolo pasar.

—No espero que lo admita —afirmó el señor Fredericks.

Conque soy la espía de la cabellera dorada, pensó ella. Simplemente, no puedo con esto. Estoy cansada. Me iré a la cama. Espero no pensar en la señora Fish. Jeffrey, Cartaret, la mató. Y si Losee no lo descubre por sí mismo, tendré que decírselo lo antes posible. Espero que lo haga. Me gusta la justicia, el juego limpio y todas esas cosas bonitas. No me simpatiza mucho Cartaret. Aun así, ojalá no tenga que ser yo quien lo mande a la horca.

Ya estaban acercándose a la terraza.

—Puede contar con mi plena cooperación y la de mi esposa, señorita Peterson —dijo el señor Fredericks—. Solo le ruego que tenga cuidado.

—Sí, gracias, lo tendré —respondió ella contenta de librarse de él, ansiando la tranquilidad de su cuarto. Pero, de camino al ascensor, Moses la detuvo.

—Hay un niñito aquí, señorita. Trae una carta para usted. No quiso entregarla salvo en sus propias manos, señorita.

—Está bien, ¡que pase!

—No puedo dejarle pasar, señorita. Es un niño del monte, señorita. Parece un espantapájaros; usted entenderá...

—¿Dónde está?

—Lo mandé subir por la escalera hasta su cuarto, señorita.

—Está bien —dijo ella, y entró en el ascensor.

Será una nota de don Carlos, pensó. Una vez en la habitación, dejó la puerta entreabierta y se sentó a esperar en una silla frente a ella. Las ranitas silbadoras estaban muy ruidosas esa noche al igual que el mar. Y ahí afuera se encontraba tirada la señora Fish muerta...

Un niñito apareció, silencioso en sus pies descalzos, llevando una chaqueta de pijama a rayas rosadas y blancas hecha jirones, y un pantalón corto de dril blanco y mugriento.

—Para usted, señorita —dijo entregándole un sobre manchado por sus dedos sucios.

—¿Quién lo manda? —preguntó ella.

—Un marinero, señorita. Desde el muelle.

—¿Cómo se llama?

—Nunca lo había visto, señorita —respondió—. Solo dijo, «entregue esta carta, en mano, a la señorita Peterson del hotel nuevo».

Ella sacó seis peniques de su bolso y él se lo agradeció y se marchó con el paso acelerado. Ella cerró la puerta, volvió a sentarse y, con reticencia, abrió el sobre. Tenía la sensación de que nada bueno iba a suceder, de que esa carta solo traería más malas noticias.

Mi querida señorita Peterson:

Por favor, reciba este mensaje con la mayor confidencialidad posible. Por una extraña casualidad del destino, me topé con un viejo amigo dispuesto a comprar mi hotel y todo lo que hay dentro de él. Dadas las circunstancias que usted conoce, me alegrará venderlo.

Mi amigo también ha accedido a darle a Alfred Jeffrey un puesto muy decente en su nuevo hotel de Montevideo. Es una excelente oportunidad para él y a mí, como sabe, me alegrará saber que se larga de Riquezas. ¿Podría ver a Jeffrey de inmediato y darle instrucciones? Dígale, por favor, que saque el libro contable de la caja fuerte y también los gráficos de análisis que mandé hacer en Nueva York. Dígale también que los lleve a Bowfin Cove a las once de esta noche, donde una lancha lo estará esperando. Es tan idiota que quizás sea mejor que usted le recalque que debe procurar hacerlo sin ser visto por la policía. Si es descubierto, ciertamente no moveré un dedo por ayudarle. Tan pronto como se concluya este trato, volveré a encontrarme con usted.

Suyo,

Carlos Embustero Fernández y Carter

Entonces es cierto, consideró ella. Don Carlos está escapando. Cuánto lo siento... Lo vende todo. Supongo que tenía que hacerlo, pero lo lamento mucho.

Encendió un cigarrillo y leyó la carta de nuevo. Y esta vez puso especial atención en la firma.

—¡Embustero...! —gritó fuertemente.

Firmó como «Embustero» para advertirme de algo. Eso significa que escribió la carta bajo coacción. Significa que está en peligro.

QUINCE

¿Y si se lo cuento a Losee?, se preguntó. Pero decidió que era mejor no hacerlo. El señor Fernández podría estar en grave peligro en alguna parte, pero Losee entrañaba claramente otro peligro.

Aunque tendré que decirle lo de Cartaret a su debido tiempo, pensó. Pero puede esperar. No importa mucho cuándo lo atrapen, lo juzguen y lo cuelguen. Lo primordial es encontrar a don Carlos.

Se recostó en la cama y fumó un cigarrillo. Su largo y esbelto cuerpo estaba relajado, pero su mente trabajaba con lucidez. Se levantó y llamó por teléfono a recepción. Pidió que Cartaret enviara a Moses a su habitación. Él llegó rápidamente, muy elegante con su uniforme, y muy ansioso también.

—Entre y cierre la puerta, por favor —dijo ella—. El señor Fernández confía en usted, ¿cierto?

—Plena confianza, señorita.

—¿Dónde queda Bowfin Cove, Moses?

—No muy lejos, señorita.

—¿Se podría llegar en un bote de remos?

—Por supuesto, señorita.

—¿Cuánto se tardaría?

—Media hora, señorita.

—¿Podría conseguirme un bote de remos, Moses?

—Claro que puedo, señorita.

—Nadie debe saber nada —dijo ella—. ¿Lo entiende? ¡Nadie!

—Lo entiendo, señorita.

—Quiero que se acerque tanto como pueda a Bowfin Cove y espere escondido en algún sitio hasta que vea partir una lancha. Luego, sígala y averigüe adónde va.

—Un bote de remos es más lento que una lancha, señorita.

—Lo sé. Pero si tiene motor se oiría.

—Usaré una vela, señorita.

—Como quiera, siempre que pueda hacerlo solo.

—Llevaré a mi hermano, señorita. Él es tan discreto y fiel como yo.

—Está bien —dijo ella—. Diez chelines para cada uno. Y diez más si logran seguir a la lancha. Avíseme tan pronto como vuelvan, a no ser que vea a alguien conmigo.

Probablemente, haya alguien conmigo, pensó lanzando un suspiro. Losee indagará e indagará. Ese es su trabajo, por supuesto. Al final descubrirá quién mató a la señora Fish. Ya lo sabría, si supiera lo del pasaporte de Alfred Jeffrey y el testamento de la señora Fish-Perch. Es curioso cuánto depende el mundo de que se sepan las cosas. Losee no es ningún tonto. No se interesa por Cartaret solo porque nadie le ha contado nada.

Losee, sin saber nada del asunto Perch, siguió con constancia el rastro de la señora Fish. Y aun con todos los implicados mintiéndole u ocultándole información vital, avanzó en la dirección correcta. Sin duda seguirá por buen camino.

El señor Fredericks, por el contrario, está totalmente equivocado, pensó. Bueno, pero supongamos que yo también lo estoy. Creo que Cartaret mató a la señora Fish-Perch, pero ¿y si no fue así? Apagó el cigarrillo y se desplomó, lánguida y estirada. Creo que dormiré hasta que llegue alguien, pensó; y apagó la lámpara de la mesita de noche.

El pálido rostro de la señora Fish, con los ojos bien abiertos y su larga cabellera. Pude contemplarlo con calma hasta que se desvaneció. Luego, emergió de las profundidades el hombrecito calvo e igualmente se disolvió, como también hizo después la señora Barley.

Pero la imagen de la señora Barley fue la que más tiempo permaneció, porque su muerte era la que más perturbaba a la señorita Peterson. Sin embargo, al cabo de un rato, también se esfumó.

La última de sus visiones fue la del Diablo. El diabólico marido de la señora Fish-Perch. El brillante Diablo de fuego de las escaleras. Escuchó una voz:

«La señora Fish creía en zombis... Se dice que pueden verse en Haití... una turba silenciosa de ojos vacíos resucitando de sus tumbas, que avanza por caminos en una nube de polvo bajo el ardiente sol...».

«No, no lo creo...», respondió con cierto esfuerzo.

Un juez con peluca blanca la miraba con severidad, pero cuando se fijó en él, vio que era un caimán. Eso la asustó, pero no iba a dejar que lo supiera.

«No creo en zombis —dijo tranquilamente—. Es solo un truco. Es teatro... Solo publicidad».

«Están tocando a la puerta», dijo el juez. Y ella los escuchó afuera. «¡No podrás mantenerlos ahí!», añadió él con una sonrisa de oreja a oreja.

Temía que esa turba de zombis tumbara la puerta... Pero... ¿Qué puerta...? Despertó. Abrió los ojos y encendió la lámpara. En efecto, alguien tocaba a la puerta. Se levantó, la abrió y vio a Moses.

—La lancha se dirigió a una goleta, señorita —dijo muy bajito—. Pero solo la seguimos, hasta ver el nombre en el costado, señorita.

—¿Cuál es la goleta?

—La goleta Hesíodo, señorita.

Miró su reloj. Casi la una.

—¿Qué ha pasado en el hotel, Moses?

—Nada, señorita. Hay un policía sentado en el salón, otro en la cocina, y beben café como si fueran víctimas de la hambruna de Egipto.

—¿El superintendente Losee está aquí?

—No, señorita. Todos se fueron a la cama, salvo esos dos policías.

—¿Alguien...? ¿La policía se ha llevado a alguien?

—No, señorita. ¿A quién? ¿No están aquí para atrapar al señor Diablo?

—¿Moses, usted cree que el Diablo hizo todo esto?

—Debe ser él, señorita —dijo con fervor—. Él fue quien levantó esa gran tormenta para realizar su maligna obra.

—¿Por qué escogería este hotel? —preguntó ella con mucha lógica.

—Debe ser que hay alguien muy malo aquí, señorita.

—¿Pero quién? —dijo ella.

Moses no dijo más nada. Tomó el dinero con sincero agradecimiento y partió. La señorita Peterson se desvistió y se metió en la cama.

Así que don Carlos está a bordo de la Hesíodo, pensó. ¿Contra su voluntad? Losee también estuve allí, pero no llegó a registrar la nave. El señor Fernández pudo haber estado a bordo todo ese tiempo. Claro, debe estar escondiéndose, huyendo de la orden de arresto, preparando todo para su fuga. Pero esa nota...

Firmó «Embustero» para advertirme. Eso tiene que significar algo, quizás no pudo escribir lo que quería. Dijo que necesitaba que Alfred Jeffrey fuera a la goleta, pero me envió la nota a mí. ¡Vale! Creo que entiendo por qué. Porque cuenta conmigo de nuevo. Sigue contando conmigo, confiando en mí, revelándome sus secretos. Pero no quiero que cuenten conmigo. Quiero explicarle todo a Losee antes de meterme en un grave problema por no hacerlo. Quiero que acabe todo esto.

Se sintió tan enfadada que, bruscamente, se dio media vuelta en la cama.

Le estoy ocultando información valiosa a la policía, pensó. Tengo el mismo sentido común que Dios le dio a los gansos. Iré a primera hora de la mañana a ver a Losee para contarle todo. Si arresta a Fernández, perfecto. Será libre si es inocente y si es culpable merece ir a la cárcel. Así de simple y directo. Una vez Losee conozca los hechos, interrogará a Cartaret y este último asesinato quedará esclarecido. Es mi deber ante la ley. Es mi deber con la sociedad y conmigo misma.

Si he de ir a esa goleta, tomaré varias precauciones. Saldré a plena luz del día con una pistola y Moses puede llevarme, pensó. Inventaré alguna historia para Losee. Diré que hay un primo mío a bordo, que se escapó de casa y que trabaja con un nombre falso. Lo reconoceré, por supuesto. Su pobre madre en Minnesota se encuentra en un estado...

No resultará difícil, ni tampoco peligroso. No a plena luz del día y con Moses. Pero será lo último que haga por el señor Fernández. Le diré cara a cara que tiene que dejar de contar conmigo. Tengo demasiado sentido común para hacer cosas como esta.

Como Napoleón, se ordenó a sí misma a qué hora debía despertarse. «A las seis», le ordenó a su mente subconsciente y cayó dormida; pero se despertó a las cinco.

Se demoró tanto como pudo al bañarse y vestirse, y cuando bajó a la planta principal vio a uno de los cocineros y encontró café recién hecho.

—¿Ha visto a Moses? —le preguntó.

—Sí señorita, está por aquí —respondió el cocinero—. Lo enviaré con su café a la terraza.

—No parece tener mucho tiempo libre —dijo la señorita Peterson a Moses cuando trajo la bandeja.

—Soy el jefe de camareros, señorita —respondió él—. Y ahora que el señor Fernández se ha ido y la señora Barley ha muerto, tengo mucho por hacer.

—¿Podría conseguirme un bote con motor? —preguntó ella.

—Puedo, señorita.

—¿Sabe manejarlo?

—Sí, señorita.

—Quisiera partir lo antes posible —le dijo—. ¿Conoce algún lugar tranquilo desde donde podamos salir?

—¿Quiere decir sin ser observados, señorita? Podemos salir desde el pantano. El bote está ahí, señorita. Partiremos cuando usted quiera.

—Desayuno rápido y nos vamos —contestó.

Prefería marcharse sin ver al superintendente Losee. Había un policía en el vestíbulo, pero apenas le dijo «buenos días». Quizás, podría haber otros policías alrededor y tal vez quisieran detenerla, pero esperaba que no.

Subió a por un sombrero y volvió donde Moses, que llevaba un casco color caqui.

—Venga por aquí. Pasaremos desapercibidos, señorita —dijo él, y la guio por el costado del edificio hasta un sendero que conducía al garaje.

Más adelante se encontraron con un cañaveral de delicados bambúes contra el cielo azul, y pasaron junto a ellos. Luego, bordeando un muro, salieron a un camino.

Un grupo de jornaleros pasaba por allí, descalzos sobre el polvo y con sombreros de paja raídos cargando sus machetes. «Buenos días, señorita», exclamaron todos y ella les devolvió el saludo. Doblaron la esquina y delante de ellos vio extenderse un pantano de manglares pestilente y sombrío. Como Moses conocía el camino, ella lo siguió hasta que llegaron a una solitaria ensenada donde estaba amarrado un pequeño bote a una raíz del manglar. Era un sitio muy, muy silencioso y el ruido del motor causó un gran escándalo, resoplando cual ametralladora. Moses limpió con cuidado el asiento, ella subió y partieron por la ensenada hacia mar abierto.

—Quiero ir a la Hesíodo —dijo ella.

—Sí, señorita —respondió Moses.

El bote se balanceaba alegremente, arriba y abajo, a través de las calmadas aguas y la frescura de la brisa matutina. Se dirigían mar adentro y no había ante ellos más que cielo y agua.

—¿Está anclada muy lejos, Moses?

—No sé si cambió de amarre en la noche, señorita. Ayer estaba fondeada justo frente a la orilla sur.

—¿Has oído algo de la Hesíodo?

—Es de Estados Unidos, señorita.

—¿Viene aquí a comerciar?

—No lo sé, señorita.

—¿Conoce a algún miembro de la tripulación? ¿Alguien que haya estado a bordo?

—No, señorita.

El diminuto bote danzaba sobre el agua zafiro. Hacía una mañana hermosa, pero desierta. ¿Dónde estarán las gaviotas?, pensó la señorita Peterson. Ni siquiera había nubes en el firmamento azul. Estaba vacío. Giró la cabeza para mirar hacia Riquezas y la vista le pareció de pronto desconocida; una simple roca negra cubierta de un verdor a su alrededor, sin casas ni caminos.

Estamos a plena luz del día, se dijo. Tengo a Moses a mi lado y la pistola en el bolso. Se nos puede ver desde la costa y seguro que habrá otras embarcaciones por aquí. No le dije a nadie adónde iba porque no quería que nadie me siguiera. Y porque no era necesario, además. Cuando suba a bordo de la Hesíodo, Moses se quedará aquí, esperando por mí. Pero... ¿quién me aseguró que podía confiar en Moses?

Lo miró y su rostro delgado parecía inexplicablemente melancólico bajo ese casco. ¿Por qué tiene esa mirada de amargo dolor? ¿Sabe algo? ¿Pasó o espera que pase algo? ¿Y si es una premonición...? ¡No seas tan idiota!, se reprochó a sí misma. Pero luego pensó que había cometido una descomunal locura al ir allí, en medio del mar, con Moses. Quizá él no se dirigiera a la Hesíodo. Quizás no hubiera ninguna Hesíodo. Quizá ella, Moses y el bote desaparecerían para siempre y nadie volvería a saber de ellos.

«Esta joven es, inevitablemente, la próxima víctima». Eso fue lo que dijo el señor Fredericks. Pero él siempre se ha equivocado en todo, ¿verdad? ¿Y si tenía razón? ¿Si era cierto todo lo dicho sobre el señor Fernández? ¿Y si era el jefe de un cartel de drogas? ¿O el de una red de asesinos? ¿Y si la nota que recibí fue astuta y sutilmente diseñada con ese propósito? Para llevarme a... ¿Dónde?

—Moses —dijo ella—, cambié de opinión. Regresemos.

—Como usted mande, señorita —contestó él con esa voz suave; e inmediatamente giró el bote en un amplio arco.

—No, mejor no. Sigamos —rectificó avergonzada de sí misma—. La Hesíodo no puede estar muy lejos.

Volvió a girar el bote.

—Me pregunto por qué no hay gaviotas —dijo ella con ansias de conversar.

—A veces se juntan, señorita. Tienen su propia isla.

—¿Ha estado en esa isla?

—Oh, no, señorita. Imposible. Algunas de las gaviotas que viven allí son tan grandes como buitres. Si un hombre pone un pie en su isla, le sacan los ojos y le dejan los huesos limpios.

—Ya veo —dijo la señorita Peterson.

¡Querido superintendente Losee! Espero que sea lo bastante listo para averiguar adónde he ido..., pensó.

—¡La Hesíodo está allá, señorita!

Rodearon una enorme roca y vieron una goleta fondeando. El casco de madera estaba curtido por la intemperie, los mástiles sin velas y una bandada de gaviotas revoloteaban sobre ella chillando y lanzándose en picado.

—Moses —dijo—. Si subo a bordo, debe esperarme.

—Por supuesto, señorita.

Confío completamente, aunque no sepa nada de usted, se dijo. Pensé que estaba siendo sensata y práctica al venir a plena luz del día con una pistola, pero es una locura...

No había nadie en cubierta. Nadie en todo el soleado mundo, salvo Moses y ella.

—Podría llamarlos, Moses.

—¡Hesíodo! *¡Ahoy...!* —gritó Moses con un lamento como el de un alma perdida.

—*¡Ahoy!* ¡Aquí! —respondió una voz amable y cordial. Un hombre apareció en la borda; un joven corpulento y rubio, vestido solo con pantalones azules remangados hasta las rodillas.

—Tengo un mensaje para el señor Fernández —gritó la señorita Peterson.

Él negó con su dorada cabeza.

—Llamaré al capitán —dijo, y al instante desapareció bajo la cubierta.

Moses acerco el bote aún más a la goleta, justo debajo de la escalera de cuerda.

—Me esperará, ¿verdad, Moses? —volvió a preguntar.

—¡Claro que sí, señorita! —respondió él.

El joven corpulento regresó y se asomó a la borda.

—El capitán pregunta su nombre —dijo.

—Soy la señorita Peterson —contestó ella y, por impulso, lo repitió con una pronunciación sueca. Él sonrió de oreja a oreja, volvió a irse y, al regresar, se dirigió a ella en sueco.

—*¿A la señorita le gustaría subir a bordo...?*

Él comenzó a bajar por la escala para ayudarla, pero la señorita Peterson no necesitó ninguna ayuda. Alcanzó la escalera en el momento preciso y comenzó a trepar con gran agilidad. Él retrocedió y le ofreció la mano cuando alcanzó la borda.

—*¿La señorita quisiera ir a proa?*—dijo mirándola con una osada e ingenua admiración.

Ella le sonrió con esa sonrisa amable y gentil que mostraba su blanca dentadura como la leche, y él se dio una palmada en la frente como si estuviera abrumado. Luego, avanzó por la angosta cubierta y ella fue tras él. Se hizo a un lado para dejarla pasar frente a una puerta cerrada en la cabina de cubierta. Ella llamó.

—¡Adelante! —gritó una voz cortante. Abrió la puerta. Y vio allí al Diablo. Se encontró de frente con el difunto capitán Perch, con la misma barba negra y sus ojos fulgurantes.

DIECISÉIS

Ella no imaginaba que fuera tan grande. Enorme. Vestía un kimono de seda negra muy ceñido a la cintura, que le caía por las piernas desnudas.

—¿Cómo está, señorita Peterson? —dijo con una voz refinada.

—¿Cómo está usted? —respondió ella.

Era imposible, pero cuanto antes comenzara a creerlo, mejor.

—Siéntese, señorita Peterson —dijo.

Su camarote resultaba muy acogedor. Vio cortinas blancas, una alfombra rosada y azul, y una colcha de almazuela en la litera.

—¿No quiere sentarse? —repitió él, empujando ligeramente la única silla en el cuarto; una de mimbre con cojín de cretona.

Ella se dio cuenta de que en verdad debía darlo por cierto de inmediato.

—Me temo que no sé su nombre, capitán —dijo amablemente.

—¡Oh, cuánto lo siento! —respondió él—. Norman Perch, a su servicio, *mademoiselle.*

Ella se sentó. ¡Bueno!, se dijo para sus adentros. Es bastante simple. La señora Perch creyó que él estaba muerto y no lo está. Ella pensó que lo habían asesinado, pero se equivocó. Eso es todo.

—¿Quiere beber algo, señorita Peterson?

—No, gracias, capitán.

—¿Café?

—No, gracias.

—¿Quiere fumar, señorita Peterson?

—Sí, por favor.

Sobre una mesa había una caja de laca roja con un paisaje pintado en oro. La tapa se deslizaba con unas ranuras y él se la ofreció. Ella tomó un cigarrillo y él le sostuvo una cerilla encendida, inclinándose hacia ella desde su gran altura. Ella aspiró profundamente el humo y lo apagó en el cenicero.

—¿No le gusta esa marca, señorita Peterson?

—Me temo que no, capitán.

—Lo siento —dijo él—. Me los regalaron. Yo no fumo, así que no sabría juzgarlos.

Hacía mucho, a la señorita Peterson le habían dado un canuto, y en aquella ocasión lo arrojó al río como a una serpiente. Marihuana... un veneno. ¿Será entonces verdad lo del tráfico de drogas?, se preguntó.

—Entiendo que trae usted un recado para el señor Fernández, ¿verdad? —preguntó afablemente el capitán Perch.

—Si es tan amable... —respondió ella—. Un rico estadounidense se ha ofrecido a comprar su hotel y quiere una respuesta de inmediato por cable.

—Qué propuesta más interesante, ¿no cree? —dijo él.

—Bueno... interesante para el señor Fernández —respondió con delicadeza—. ¿Podría verlo, por favor?

—¿Cree que está a bordo? —preguntó el capitán Perch sonriendo con unos labios muy rojos bajo la barba espesa—. ¡Qué lástima! Espero comunicarme con él más tarde. Le daré el mensaje que desee, por supuesto.

—¿Podría decirme dónde puedo encontrar al señor Fernández?

—Bueno... —dijo el capitán Perch—. Sé que espera a su secretario, a ese tal Alfred Jeffrey. Y sé, además, que lo aguarda con mucha impaciencia. Confía en que suba a bordo.

—Yo vine aquí en su lugar —repuso ella.

—Es un honor y un placer tener a una dama tan encantadora a bordo —contestó él—. Pero me temo que necesitamos exclusivamente a Jeffrey.

Guardó silencio reflexionando un instante.

Harold Cartaret lo asesinó. Y la señora Perch me aseguró que estaba muerto. Así que realmente él no debe venir aquí. Sin duda quien está sentado en esta litera, corpulento, de barba negra, labios muy rojos y ojos brillantes... debe ser a quien Cartaret estranguló y no debe tenerle mucho aprecio. ¡Claro...! ¡Ese es el motivo! Quiere traer aquí a Cartaret, por alguna diabólica razón.

—Espero que pueda convencer a Jeffrey de venir —le dijo el capitán Perch.

—¿Para qué? —preguntó ella con franqueza.

—¿Para qué? —repitió el capitán Perch—. El señor Fernández ansía verlo.

Le resultó bastante claro que don Carlos estaba siendo retenido como rehén hasta que Cartaret llegase. Pero, por supuesto, Cartaret no iba a ir.

—Estoy esperando al superintendente Losee... —dijo ella, y el capitán Perch se echó a reír.

—¡Oh, no! Por favor —exclamó en tono de burla—. Nos visitó ayer y encontró todo en regla. Él no volverá, señorita Peterson.

—Volverá si no estoy en tierra en media hora.

El capitán Perch sonrió.

—No va a volver, señorita Peterson. Yo soy ciudadano estadounidense. Todos mis papeles están en orden. Estoy listo para zarpar. No hay nada que pueda traer a la policía británica aquí. —Miró su reloj—. Esperaré una hora a Jeffrey —dijo—, y si no llega, zarparé.

—Pero... ¿en verdad cree que Jeffrey vendrá?

—Así es —dijo.

—¿Le ha enviado algún otro mensaje?

—No —contestó—. Pero usted enviará de vuelta a su barquero para traerlo aquí.

—Me temo que no, capitán Perch.

—Bueno, depende de usted —dijo con otra sonrisa—. Podemos sentarnos aquí y charlar un rato y, tan pronto como se haya ido, zarparemos. Quería ver a Jeffrey, pero si no se puede, no se pudo.

—¿El señor Fernández está a bordo? —preguntó ella lanzando de nuevo un ataque rápido y directo.

—No lo sé —respondió el capitán Perch.

—¿No lo sabe?

—No me sorprendería que se hubiera tirado por la borda —dijo el capitán Perch—. La última vez que lo vi tenía mucha sed. —Volvió a mirar su reloj—. A medida que el día se pone más y más caluroso, tendrá más y más sed. Es decir, si aún anda por ahí.

—¿Puedo verlo? —preguntó ella.

—¿Qué sentido tendría? —preguntó él—. No será agradable para usted. Especialmente siendo usted la responsable.

Fernández firmó «Embustero», recordó ella. Eso significaba que no debía creerle en lo más mínimo. Así que no puede estar... tan sediento. No puede estar tan mal. Seguramente no sufriría nada por Harold Cartaret, ni por nadie más. Él es... realista.

Pero quería asegurarse.

—Antes de mandar a por Cartaret —dijo—, me gustaría ver al señor Fernández.

—En verdad le aconsejo no hacerlo —contestó—, pero si tanto insiste... Por aquí. Acompáñeme, por favor.

Se quitó unas sandalias hechas con soga y caminó descalzo delante de la cabina. Bajó una escalerilla que conducía a un pequeño salón muy iluminado, bien ventilado, bellísimo por la cretona, y ahí vio al señor Fernández sentado en un sillón frente a la puerta. Tenía las manos atadas a la espalda y una tira de cinta adhesiva sobre la boca. En una mesita delante de él había una jarra de agua y un vaso.

Alzó la vista cuando ella entró y sus ojos se vieron extrañamente líquidos y suaves, junto a sus pestañas negras como harapos. El sudor le corría por el rostro, su cabello estaba pegado a la frente, su chaqueta de lino abotonada hasta el cuello. Él estaba sentado mirándola con esos extraordinarios ojos, hermosos y terribles.

Su angustia pareció vibrar en el salón como el eco de un grito y la sacudió tanto que apenas pudo mantenerse en pie y tuvo que apoyarse contra la mampara.

—¡Don Carlos...! —exclamó.

Él intentó levantarse, moviendo sus hombros, y poco después logró ponerse en pie, mirándola fijamente.

—Puede tomar un vaso de agua con hielo... —dijo el capitán Perch—. Si Cartaret sube a bordo.

—¡Capitán Perch! —gritó ella—. ¡Déjelo ir!

—Quiero a Cartaret aquí —repitió—. Si no puede traerlo, Fernández será su sustituto.

—El señor Fernández no tiene nada que ver con eso. Déjelo ir.

—Su señor Fernández tuvo a Cartaret y a mi esposa en su hotel. ¡Justo a esas dos personas! La maldita bruja pensó que yo estaba muerto y yo quería que así lo creyera. Hice circular el rumor por toda Cuba de que Cartaret me había asesinado. No quería que me molestara más. En el último crucero que hicimos perdió sus preciadas joyas y... Era una maldita, una mujer vengativa que yo debía mantener vigilada. Un amigo mío en Nueva York me contó que venía para acá, así que me acerqué a ver qué tramaba.

Hizo una pausa.

—Maldita vengativa —añadió con una especie de tristeza—. Mandé al pobre Jeffrey a tierra para investigar. Él la conocía, claro. Había trabajado en ese crucero como camarero. Pero nunca volvió. Envié a Nils a tierra para averiguar qué había ocurrido y ella le dijo que la trajera hasta aquí. Vino. Tuvo el descaro de venir aquí, a mi goleta, a decirme que había matado al pobre Jeffrey. ¡Increíble! Me dijo que había venido buscando a Cartaret, a quien nunca había visto. ¿Y saben por qué? ¡Por gratitud! Confesó que estaba dispuesta a gastar cualquier suma de dinero para encontrar al hombre que me había asesinado y agradecérselo.

La señorita Peterson se movió un poco y puso las manos detrás queriendo abrir su bolso.

—¡Suéltelo! —ordenó bruscamente el capitán Perch.

Ella logró abrir el cierre, llegó a tocar la pistola, pero antes de que pudiera sacar el arma, Perch la alcanzó con su larga pierna, enganchándola por los tobillos. La tomó desprevenida, la hizo caer de bruces al suelo y se dio un golpe tan fuerte que la dejó aturdida.

Intentó reincorporarse lentamente sobre sus manos y rodillas. Estaba aún mareada cuando vio que él ya tenía el arma en su poder, la lanzaba al aire con desgana y la atrapaba de nuevo.

—Usted... usted no se saldrá con la suya —gritó ella, poniéndose en pie con la ayuda de una silla.

—¿Por qué no? —dijo él—. Simplemente zarparé. Dejaré la goleta en algún sitio y compraré otra. ¿Quién va a recorrer los Siete Mares buscándome? ¿O buscando a Fernández? Él subió a bordo por voluntad propia. La curiosidad... fue su perdición.

—Han encontrado el cuerpo de su esposa —replicó la señorita Peterson. Y supo, que todo lo que decía estaba mal, era estúpido y completamente inútil.

—¿A quién le importa? —repuso Perch, con indiferencia—. Me confesó que disparó a Jeffrey y envenenó a la pobre ancianita que encontró la pistola escondida en su cuarto. Fantástico, ¿verdad? Envenenar a una anciana simplemente para recuperar una pistola... Pero luego... me dijo a la cara que yo era el responsable. Que yo la había convertido en una zombi... que ella no era culpable de nada.

—¿Y usted... la mató?

—Naturalmente, jamás lo admitiría —respondió indignado—. Me limitaré a decir que no me importa qué le ocurrió a esa vieja bruja. Me odiaba. Nunca he visto a nadie tan consumido por el odio. Es algo que no llegaré a entender. Jamás he odiado a alguien en mi vida.

Con un tremendo esfuerzo, la señorita Peterson giró la cabeza hacia el señor Fernández. Lo vio allí, con las manos atadas y la boca cerrada, y su amplio pecho jadeando sofocado, el sudor corriendo por su rostro, intentando decirle algo con los ojos.

—Si usted no odia a nadie..., no se preocupe por Cartaret. Simplemente, deje que el señor Fernández se vaya.

Simplemente, zarpe. Déjenos en tierra. Nunca volverá a vernos.

—No quiero que venga Cartaret porque lo odie —explicó el capitán Perch volviendo a lanzar la pistola al aire—. Es simplemente que mi esposa hizo un testamento dejándole casi todo su capital como agradecimiento. Y si sencillamente él desaparece, yo pasaré a ser el heredero legal, ¿lo entiende? He estado corto de recursos últimamente. Soy lo que podría llamarse un caballero aventurero y, en consecuencia, tengo ciertos altibajos... Necesito ese dinero. ¿Mandará a por él?

—¿Dejaría que el señor Fernández me hable?

—No —respondió—. Su tiempo se está acabando. No puedo quedarme aquí para siempre...

¡Dios mío!, se lamentó ella. No puedo hacerlo... ¿Decirle a Cartaret que venga para ser asesinado...? No puedo hacerlo...

Volvió a mirar al señor Fernández.

¿Cuánto tiempo llevará sin tomar agua? ¿Cuánto tendrá que durar su tormento?

—Puede irse cuando quiera —dijo Perch.

Ese no era el problema. No tenía nada que ver con el bien y el mal. Era imposible; eso es todo. Ella no podía dejar a Fernández ahí. Si podía salvar a Cartaret, lo haría, pero si no, tendría que morir.

—¿Cómo sé que cumplirá su palabra? —dijo ella—. Suponga que logro traer a Cartaret hasta aquí, ¿y luego...?

El señor Fernández cayó contra ella. Pensó que estaba mareado, enfermo, quizás muriéndose. Puso el brazo a su alrededor para sostenerlo, pero él la empujó, negando con la cabeza, mirándola, mirándola fijamente.

—¡Oh, por favor, déjelo hablar! —gritó ella.

—No —dijo el capitán Perch—. Y no debe preocuparse de que cumpla con mi palabra. Lo haré. ¿Por qué no habría de hacerlo? No voy por ahí matando gente sin motivo. Me da igual lo que pase con Fernández una vez tenga a Cartaret a bordo. Tampoco me importa en lo más mínimo lo que le digan a la policía. Puedo escapar fácilmente y puedo volver a por el dinero de mi querida esposa con una coartada perfecta. No soy tonto. No mato por diversión. Pero si Cartaret no viene, cerraré con llave la puerta con Fernández dentro y lo dejaré aquí.

Si tan solo pudiera encontrar a ese sueco, se dijo la señorita Peterson.

O si salgo corriendo y grito, ¿Moses me oiría? Probablemente, el capitán Perch le disparase. El sueco nunca me ofrecería su ayuda... Además, debe haber más tripulantes a bordo, razonó. Pero no pueden dejar morir a don Carlos; no así.

Él estaba mal y nadie acudía a ayudarlo. Ella lo miró y sus negras cejas se estremecieron y salió un sonido horrible de sus labios.

—¡¿Está bien?! —le dijo—. Yo... Yo...

Él volvió a caer sobre ella tan pesado que casi la derriba también.

—¿Permitiría al menos que escriba? —preguntó ella—. Suéltele solo una mano... será un instante.

—Está bien. Que se apresure —dijo el capitán Perch—. ¡Nils! —gritó, y el joven sueco llegó hasta la puerta—. Desátele las manos y sujétele la izquierda detrás de la espalda.

—*Por el amor de Dios...* —comenzó a decir la señorita Peterson en sueco.

—¡A callar! —ordenó el capitán Perch. Nils le dirigió una sonrisa de disculpa e hizo lo que le fue ordenado.

Se sintió atrapada en un mundo en el que nadie parecía humano; ni el capitán Perch, ni Nils, ni el señor Fernández. No servía de nada utilizar el lenguaje. Nadie movería un dedo.

El capitán Perch dejó un lápiz y una hoja de papel sobre la mesa. Pero el brazo del señor Fernández pendía débil a un lado.

—¡Ande, escriba! ¡Escriba! —gritó Perch—. No voy a esperarlo para siempre.

Fernández intentó levantar el brazo un poco, pero se le desplomó. Quizás llevase atado mucho, mucho tiempo... Dobló el brazo y lo extendió, tomó el lápiz con sus dedos acalambrados y garabateó con un trazo grande: «No. No lo haré».

—¿No hacer qué? —gritó ella.

Él dejó caer el lápiz y ella lo recogió para devolvérselo.

«No viviré», escribió lentamente. «Que no venga. No quie...».

—Átelo de nuevo —dispuso el capitán Perch—. ¿Y bien, señorita Peterson?

Las lágrimas cesaron. La sensación de urgencia, miedo y horror la abandonó. Miró al señor Fernández. «Que no venga», escribió. «No quiero vivir a costa de la vida de otro hombre».

—Sí, don Carlos —le dijo ella, firme y a la vez suave.

El señor Fernández levantó sus pobladas cejas y se reclinó en la silla, en la medida que sus manos atadas se lo permitieron.

—¡Muy bien! —dijo el capitán Perch y, como ella no se movió, la tomó por el brazo para sacarla del salón. La señorita Peterson miró por encima del hombro.

—Usted es todo un caballero, don Carlos —exclamó en una lengua común—. Nunca lo olvidaré.

DIECISIETE

—Moses —dijo ella—, volvamos tan pronto como pueda. ¡Es urgente!

Aun así, sabía que no podrían ser lo suficientemente rápidos. Se iba dejando a don Carlos a su suerte.

Consideró que su elección había sido la correcta. Pensó que era práctica. Creía que era una tontería mantener la propia vida a costa de su propia estima. No tendría ningún valor. Pero cuando pensaba en Fernández sentado en el salón...

—Señorita, ¿está llorando?

—Creo que sí, Moses.

—Ahí viene una lancha, señorita.

¿La policía?, supuso ella. Oh, si tan solo viniera Losee ahí. ¡Si tan solo me hubiera seguido! Pero se trataba de una pequeña lancha con su motor fueraborda, y una figura dentro de ella. Las dos embarcaciones se acercaron pero, debido al resplandor del sol, apenas pudo ver a un hombre de traje blanco y sombrero gris.

—Es el señor Jeffrey, señorita.

—¡Alto! —gritó la señorita Peterson con una voz fuerte y firme—. ¡Deténgase!

La pequeña lancha se desvió, virando hacia ellos a toda marcha; Moses redujo la velocidad de su barcaza y esperó con una expresión de melancólica calma.

—¿Hacia dónde va? —gritó Cartaret alegremente.

—El capitán Perch está en la Hesíodo —dijo la señorita Peterson.

—Él está muerto —replicó Cartaret mirándola fijamente.

—¡No, no lo está! —contestó ella—. Él está a bordo.

Ambas embarcaciones se mecían una junto a la otra y Cartaret la miraba fijamente.

—Tiene a don Carlos allí. Lo está matando.

—Qué pena... —dijo Cartaret—. Encontré una nota en su habitación. Pido disculpas por fisgonear, pero estaba buscando mi pasaporte... el falso, ya sabe, y creí que podría estar en su poder. Cuando encontré la nota, sentí que me estaban privando de un muy buen trabajo, así que vine. Pero si el capitán Perch está allá, no es lugar indicado para mí.

—No lo es —coincidió ella—. La idea era hacer que subiera a bordo para matarlo, y estaría muerto a estas alturas si don Carlos no lo hubiese salvado.

—Lo lamento —respondió él—, pero no veo a don Carlos salvándome, mucho menos a costa de su propia integridad.

—Firmó esa nota de forma que yo pidiera entender que se la diera —replicó ella mirándolo fijamente—. Está muriendo ahora porque no quiso enviar otra nota para hacerlo subir a bordo.

—¡Oh, querida e ingenua señorita Peterson! —protestó Cartaret—. ¿Quiere hacerme creer que nuestro señor Fernández está dando su vida por mí?

—Así es —contestó—. Claramente, no por amor a usted, sino por algo que no creo que pueda entender. No comprará su vida a costa de la vida de otro, de cualquier persona, incluso...

El ala del sombrero de Cartaret estaba hacia abajo y en la sombra, su juvenil y delgado rostro parecía duro y tenaz.

—Está equivocada —dijo—. Fernández no es así.

—Está dando su vida por usted —repitió la señorita Peterson—. Y la verdad es que usted no vale la pena. Moses, sigamos.

La lancha se estremeció, dio un brinco y siguió adelante, pero la barca de Cartaret tomó rumbo a la Hesíodo.

—¡No! —gritó la señorita Peterson—. ¡Qué idiota!

Por un instante ella, que era tan decidida, se quedó sin saber qué hacer. Si lo dejaba continuar, don Carlos podría escapar. Pero su mente rechazó tal esperanza. El Diablo no dejaría que don Carlos saliera del barco. No vivo. Si Cartaret subía a bordo, a él también lo matarían; y para nada.

—Moses —dijo—, debemos seguirlo.

Sin hacer ruido, Moses giró la lancha en un amplio círculo. La Hesíodo estaba en movimiento, avanzando muy lentamente, y la lancha corría hacia él a través del mar zafiro, dejando una cremosa estela que brillaba bajo el sol.

—¡Vuelva! —gritó la señorita Peterson con todas sus fuerzas.

Pero aunque su bote pequeño lo seguía a toda prisa, la lancha iba mucho más rápido y antes de que pudieran alcanzarla, él ya había llegado a la Hesíodo.

—¡Hesíodo a la vista!

Nils se inclinó sobre la baranda con esas cejas rubias alzadas y los labios fruncidos prestos a silbar.

—Dígale al capitán que estoy aquí —dijo Cartaret—. Tíreme una cuerda, Nils.

Agarró la soga y la goleta lo remolcó. Entonces su motor se detuvo y él se aferró a la escalera colgante.

—¡No! —gritó la señorita Peterson.

—Es el destino —dijo otra voz, y apareció el Diablo mirándola desde arriba sonriente—. Obviamente, es el destino de Cartaret volver aquí... a mí.

La lancha de Cartaret quedó a la deriva justo cuando subía la escalera mirando hacia arriba, con la cabeza echada hacia atrás.

—¡Vamos! ¡Vamos! —dijo el capitán Perch, y levantando la mano apoyó negligentemente un pesado revólver en la barandilla—. Vamos, lo estoy esperando.

Cartaret se rio. Estaba colgado de la escalera con el mar detrás y el Diablo frente a él. Volvió a reír. Era todo soberbia, pura fanfarronería.

—Mire aquí, capitán Perch —señaló la señorita Peterson—. No podrá salirse con la suya. Iré a la policía.

—¡Vaya! —contestó él—. No tiene idea de cuántas veces me he salido con la mía.

Cartaret trepó por la baranda y llegó a cubierta. Frente a ese hombre enorme, él se veía tan pequeño, tan joven, tan terriblemente indefenso.

—Deje que Fernández vaya a tierra con la señorita Peterson —exigió—, y usted y yo arreglaremos las cosas.

—Nils —dijo el capitán—, dígale a Hook que ponga el motor a toda marcha.

—¡No! —gritó la señorita Peterson—. ¡No!

Pero Nils ya había partido a dar la orden.

—¡Adiós, señorita Peterson! —dijo el capitán Perch mirándola desde arriba.

Ese fue su error. En el instante en que se giró, Cartaret saltó sobre él como un gato y lo tomó del cuello. Pero los brazos del capitán quedaron libres y pudo alcanzar el revólver atrás. Cartaret atrapó su muñeca y se enzarzaron en una extraña lucha en la que no parecían moverse.

—¡Moses! ¡Acércate al costado! —ordenó la señorita Peterson.

—No, señorita.

—¡Debes hacerlo! Tenemos que...

—Aún no, señorita.

Cartaret cayó de un golpe y Perch sobre él. El revólver se disparó con un sonido seco. Abajo, desde el bote, la señorita Peterson no pudo ver nada.

—¡Harold! —gritó—. ¡Harold!

Entonces, los vio incorporarse, quedando frente a frente. El capitán Perch comenzó a caminar hacia atrás, en calma, encañonando a Cartaret. Apuntaba bajo para provocarle una espantosa y lenta muerte por herida abdominal.

Pero el señor Fernández venía por la cubierta, con las manos atadas a la espalda y la boca tapada con cinta. Avanzaba despacio, sin hacer mucho ruido, tambaleándose de un lado a otro como un animal herido. Siguió adelante, se acercaba directamente hacia Perch y, chocando con fuerza, le hizo perder el equilibrio y casi caer.

Cuando Perch se volvió parar mirarlo, Cartaret se lanzó de nuevo contra él y le sujetó la muñeca con ambas manos, intentando dominar el brazo poderoso que sostenía el arma. El capitán Perch sonrió a su delgado y joven adversario, y comenzó lentamente a mover el brazo de un lado a otro, hasta que el arma quedó a la altura de la cabeza de Cartaret.

Pero entonces, el señor Fernández le puso la zancadilla al Diablo, Perch tropezó cayendo hacia adelante y Cartaret, al soltarse, hizo que su codo diera contra la baranda, accionando el revólver que disparó hacia arriba. La bala atravesó la garganta de Perch, quien cayó de golpe.

Todo se sumió en un gran silencio. La señorita Peterson estaba en el bote y este parecía elevarse hacia el cielo y luego precipitarse en un caer incesante... Intentaban estabilizarlo cuando Cartaret trepó sobre la baranda hacia la escalera y, tras él, el señor Fernández con las manos ya libres, aunque la boca aún cerrada. Cartaret lo ayudó a bajar y, sin necesidad de órdenes, Moses acercó el bote al costado.

Nils se inclinó sobre la borda inocente y risueño.

¿Enviarán aquí a la policía? —dijo—. ¿Qué debo decirles? ¿Nos pagarán algo?

Nadie respondió. Ambos hombres subieron al bote, se sentaron y Moses puso rumbo a la orilla. El señor Fernández tiraba con furia obstinada de la cinta adhesiva. Logró soltar un extremo y se la arrancó de un tirón, dejando sus labios sangrantes. Sacó del bolsillo un pañuelo de seda púrpura oscuro y lo presionó contra la boca por un instante.

—Un caso perfectamente claro —dijo él con dificultad por entre sus labios hinchados—. Somos tres testigos, Cartaret. Perch se disparó solo. No hay ningún problema.

—Lo llamó... el destino —dijo Cartaret con un débil intento de sonrisa—. Debe haber sido mi destino... no matar al capitán Perch. Mejor así. En realidad, no me gusta matar.

—Señorita Peterson, creo que no necesitamos mencionar aquella nota que la señora Perch le escribió, ¿verdad? —dijo el señor Fernández.

—En absoluto —respondió ella y guardó silencio unos minutos. Sabía que para él resultaba difícil y doloroso hablar, pero no pudo evitar hacerle una pregunta.

—¿Por qué fue a esa goleta?

—Para buscar a la señora Perch —contestó con esfuerzo—. En cuanto vi ese nombre en su nota, recordé que el carnicero me había hablado de un tal capitán Perch que encargó enviar unos pollos a su goleta. Quería encontrar a esa mujer. Tenía miedo de que Losee me metiera en líos si ella desaparecía. Así que salí en una de mis lanchas. El capitán Perch la hizo hundir... —Volvió a presionar el pañuelo contra su boca—. ¿Ha regresado? —preguntó.

La señorita Peterson se lo contó y él escuchó todo en silencio.

—No hay mal que por bien no venga... —añadió—. Le eché un vistazo al testamento que dejó con usted, mi querida señorita. Le deja sesenta mil dólares a Harold Cartaret. «Por su enorme bondad conmigo», escribió.

—¿Sesenta... sesenta mil...? —dijo Cartaret.

Se desplomó mudo en el fondo del bote y prefirieron dejarlo así. Su cabeza quedó a la sombra del asiento y la señorita Peterson tomó su sombrero y se lo puso al señor Fernández.

—Gracias, mi querida señorita —dijo acomodándose el sombrero. Luego, miró a Cartaret tendido—. El amor... —empezó él con seriedad—. Usted ha estado enamorado desde el primer día de esa fierecilla. Pero supongo que, creyendo que tenía una acusación de asesinato sobre usted, no quiso confesarle nada. Bueno, les deseo mucha suerte. Usted me detesta... pero es comprensible, ¿no? Yo tenía la ventaja de saber lo de su pasaporte falso y eso no le gustaba. Además, creo que estaba algo celoso. Sin ningún motivo legítimo, por supuesto.

—Don Carlos —dijo ella—, usted es magnífico.

—¿Yo? —respondió él, bajando la mirada con una modestia descaradamente falsa—. Oh, no... Común y corriente.

—¡Magnífico! —repitió ella.

—Si así lo cree... —dijo—. Valió la pena soportar ese pequeño contratiempo, mi querida señorita. Ahora bien, sobre nosotros... —echó un vistazo a Moses, quien miraba fijamente al frente—. Querida señorita —susurró él—, en un momento como este, todo se revela. Creo, sin lugar a dudas, que usted sabe ahora lo que siente. Conoce su propio corazón, ¿verdad? Entonces...

Ella lo miró con lágrimas en los ojos.

—Don Carlos, me honra demasiado —dijo en perfecto español—. Le tengo el mayor respeto y estima, pero...

—Mi querida señorita —contestó él con una leve sonrisa en su boca magullada—, por favor... eso es más que suficiente. No siga. Entiendo perfectamente lo que significa «respeto» y «estima». Bueno, algo es algo, ¿no?

¡Cuánto admiraba ella esa práctica capacidad suya de aceptar rápido cada situación! ¡Qué inmensamente feliz se sentía al verlo allí, sano y salvo! Y qué imposible resultaba pensar en convertirse en la señora Fernández...

Él le encendió un cigarrillo, otro más para él mismo y dio una honda calada.

—¿Me perdona por haber roto nuestro acuerdo? —preguntó—. No volverá a suceder. ¿Se quedará?

—Estaré encantada de quedarme.

—Tendremos mucho que hacer para la inauguración y la gala del sábado.

—¡¿Qué?! ¿Aún sigue con eso? —exclamó ella.

Cartaret se movió, abrió los ojos y lo ayudaron a incorporarse en el asiento. El señor Fernández volvió a ponerle el sombrero en la cabeza.

—Estaba hablando —dijo el señor Fernández—, de la inauguración y gala de este sábado.

Cartaret lo miró con ojos aturdidos, desenfocados.

—Voy a dejar que Cecily toque en la gala —aseguró el señor Fernández—. Dará un recital... Un pequeño concierto.

Ya divisaban la isla, se dirigían directos al embarcadero.

—Pero... —dijo la señorita Peterson—. ¿Y la señora Barley...?

—Lamentable —contestó el señor Fernández.

—¿Y Jeffrey? —preguntó ella—. ¿Y la señora Perch? No entiendo cómo puede celebrar su gala, don Carlos.

—Es más necesario que nunca —respondió él—. Vienen tres importantes personalidades de Trinidad en avión. Llegará el navío Marqués de la ruta norte y he enviado un mensaje por radio invitando a todos los oficiales y pasajeros. También he invitado ya a la gente de la isla...

—Pero... ¿Y Losee? ¿Y la policía?

—Tendrán que hacernos algunas preguntas. No hay problema. Las responderemos. Somos totalmente inocentes.

—¿Pero no parecerá un poco...?

—Mi querida señorita, el negocio hotelero es como el teatro. Pase lo que pase... —se detuvo un instante—. ¡El espectáculo debe continuar! —dijo con efusiva energía.

—Y continuará —respondió la señorita Peterson.

CAMILO PERDOMO (Pereira, Colombia, 1994) es traductor y curador literario del inglés y el portugués. Se dedica al rescate y la traducción de obras inéditas en español, rarezas literarias y textos olvidados, con el propósito de recuperar voces y obras poco conocidas.

Colección Centellas n.º 17

Narrativa

Primera edición: enero 2026

Título original: *Speak of the Devil*
Autora: Elisabeth Sanxay Holding

www.aristasmartinez.com
c/ Hernán Cortés, 6-B - Badajoz (06002)

Edición al cuidado de Sara Herculano y Cisco Bellabestia

ISBN: 978-84-19550-30-9
Depósito legal: BA-614-2025
Impreso en Kadmos